好感度カンスト王子と転生令嬢による乙ゲースピンオフ

フェリシア
マローン公爵令嬢。おかん気質な世話焼きで人情は厚いが、うだうだ煮え切らないのは苦手。
セラフィーナ
カムデン侯爵家令嬢。事なかれ主義な転生者。普段は猫ちゃんを被っているが、内心では言いたい放題している。
クリストファー
真面目で誠実な王太子。セラフィーナと婚約することになるが、その愛の重さは目を見張るものがある。
登場人物紹介

侯爵令息
明るく人懐こい言動
を良くしているが、
利益にならない人間
への見切りは早い。
子爵令息
博識で学者肌で生真
面目な性格。
将来は医者になるこ
とを志している。
公爵令息
他人を試すために皮
肉を言うことが多い
が、面倒見は良い。
数人集まると、進行
役になりがち。

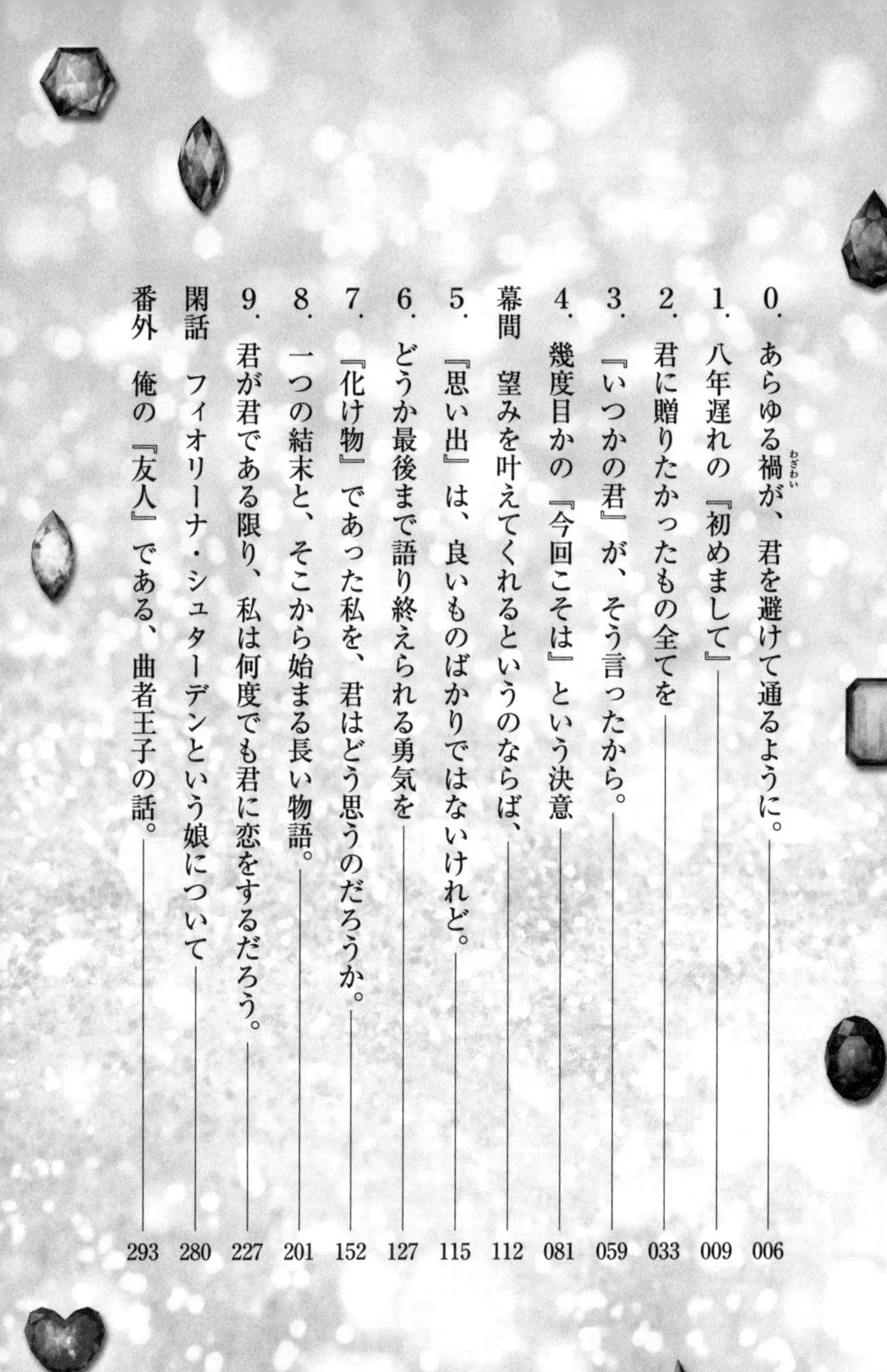

0．あらゆる禍が、君を避けて通るように。

唐突に降りかかった理不尽に対して、私が抱いた感情は『無』だった。

やがて『それ』が現実であるのだと理解出来るようになると、無から生じたのは『絶望』であった。

怒りは無く、憤りでも無く、悲しみも無く。

ただひたすらに、『もう還らない』という事実に対する虚無感と絶望だけがそこにあった。

この先どれ程の時間が経過しようとも、そこに君は居ないのだと。

絶望の果てに君に出会い、『今度こそ』と祈るような気持ちと、小さくはない『希望』を見出した。

低い場所から落ちるより、高い場所から落ちた方が痛みは大きい。そんな当たり前の事を考えもせずに。

見出した『希望』が明るければ明るい程、大きければ大きい程に、それが潰えた時の痛みは増大する。

——『痛み』など、もう感じなくなっていた。

ああ、またか……と。それでも駄目なのか……と。

真っ暗な沼に、音もなくゆっくりと沈んでいくような感覚だけがあった。

手足を搦め取る沼の水は刺すように冷たく、身動きを取ろうという気力をも奪っていく。

けれど、もうそれでいい、と。

身を任せて沈み切ってしまえば、全てを終わりに出来るのではなかろうか、と。

生き続けるという事も、その為に足掻く事も、もうどうだって良いのではないだろうか。……どうせ、何をどうしたところで、君はいつも理不尽に奪われてしまうのだから。

そんな結末を見る為に、私は生きている訳ではないのだし。

もう全て、どうだって良いのではないだろうか。


だというのに、また『アレ』は私に言う。

『これで最後だ』と。そして『全てをやり直そう』と。

その言葉を問い質すような気力もなく、また問いを発するだけの時間的な猶予も与えず。『アい』は何と身勝手な存在なのだろう。

やり直すと言ったくせに、状況が大分おかしい。

分からない事だらけだ。

分からない事だらけだし、やらねばならない事だらけだ。

けれど一つだけ、言える事がある。

もしも世界の何処かに君が生きているのなら。その可能性が、砂粒一つ程度でもあるとするのなら。

私はまた、持てる全てを使い、足掻き、抗ってみせよう。

君が今度こそ、平穏に、幸福に生きていけるよう――。

私が願うのは、ただそれだけなのだ。

1. 八年遅れの『初めまして』

多分コレ、乙女ゲーム転生だ。

物心つき始めの頃、そう思ったのだが。

ゲームはかなりプレイする方だ。

一番プレイ時間の長いゲームは、総プレイ時間が二千時間を超えている。しかも完全オフライン、スタンドアロン形式のＲＰＧだ。ＭＯ？　ＭＭＯ？　なんでゲームでまで他人に気を遣わねばならんのだ。意味分からん。

一人で黙々と、好きな世界で好きな事をしているのが楽しいのに。

ＰｖＰ？　ざけんな。相手が中身入りの人間じゃ、グリッチも使えねぇだろうが。白い霊体くらいの緩いオンライン要素ならアリだが、ガッツリ『対人間』なゲームはお呼びじゃねぇ。

そんな感じで、寝る、食事を摂る、仕事をするなどの時間以外は、殆(ほとん)どゲームをしていた。まあ後は、マンガを読んだりネットサーフィンをしたりもするけれど。

このようにゲーム大好き人間であった私だが、手を出さないジャンルのゲームはあった。

『恋愛』を主軸に置いたゲームがそれだ。

オープンワールド系のＲＰＧなんかでも、恋愛イベントが存在するものは多い。……が、私はそれらイベントは、『やらなくていいなら、絶対に手を付けない』性質だ。

何故なら、面倒くさい。

私は一人で野山を駆け巡ったり、農業に勤しんだり、建築に精を出したりしたいのだ。

恋人や伴侶ときゃっきゃしたい訳ではないのだ。

恋愛イベントや結婚イベントのあるゲームでは、一度だけそれらイベントをこなし実績を解除した後は、即座に新しいキャラで新しい周回を始めるのが私だ。

……家に帰ると伴侶が居るとか、ちょっと嫌じゃね？　私が頑張って入手した家なのに！

いや、あくまでも『ゲームの話』よ？　現実とは別よ？


そんな人間なので、『乙女ゲーム』などの『主軸が恋愛』というより、『もはやそれしか目的がない』みたいなゲームは全スルーで生きてきた。

ミステリ要素などでもあってくれたら、まだプレイするかもしれない。ほぼミステリ要素で構成されている、白馬村のペンションで起こる惨劇のノベルゲームなどは、普通に面白かったし好きだからだ。ストックで彼女にさっくり刺殺された思い出が蘇るわぁ……。

自身でプレイした乙女ゲームは一本もない。

男性向けエロゲは何本かプレイした事がある。何故なら、『ストラテジー＋エロ』とか『シミュレーション＋エロ』のように、何かのゲームにエロいイベントがくっついているだけ、みたいなゲームが結構あるからだ。

そして私は、プレイするゲームに『ストーリーの面白さ』を殆ど求めていない。長いイベントシーンなどがあると、一周目でもスキップしたくて仕方ない気持ちになる。

そんな人間なので、『ストーリーを読ませる』ノベル系ゲームとの相性がすこぶる悪い。ストーリーの出来が良いだとか、謎が散らばっていて先が気になる！　だとかの場合は別だが。


さて、そんなプレイスタイルのゲーマーであった私が、何故自身が『乙女ゲーム転生』なるものを果たしたと分かるかというと。

とても人気があったらしい乙女ゲームの、コミカライズ版を読んだ事があったからだ。

実際のゲームであれば攻略対象が数人いて、誰を攻略するかでシナリオが分岐していくのだが。コミカライズでは、恐らくメインルートであったのであろう王子とヒロインとの恋物語だけに焦点を当てていた。

何というか、突っ込みたい気持ちを堪えるのが大変なストーリーだった。

そもそも全くそういうゲームに興味のない私に、友人が無理やり押し付けてきたのが、件（くだん）のコミックスだ。

絵はめっちゃ綺麗で見やすかった。キャラデザをやった少女漫画家さんが、そのまんまコミカライズを担当したらしい。すんごい綺麗な絵だし、コマ割りも見やすいし、背景なんかも丁寧で綺麗だしで、その漫画家さんのオリジナルのマンガを買ってしまった程だ。オリジナルの方は文句なしに面白かった。

「すんごい王道のキュンキュンするお話だから、読んでみて！　で、気に入ったらゲームも貸すから！」

友人はそう言ってマンガを貸してくれたのだ。

ファンを増やしたかったのだろうが、私にとっては逆効果でしかなかった。

何故なら、メインの王子にしろヒロインにしろ、読んでいて「アホ程ウゼぇ……」としか思わなかったからだ。

まあ、お気に入りの漫画家さんを一人見つける事は出来たので、その点に関しては友人に感謝している。

その、唯一内容を知っている（王子ルートだけだが）乙女ゲームの世界に転生したらしい。

物心ついた頃に、王太子殿下のご尊名を知り、「あいった～……」と思ったのだ。

だがしかし、だ。

私が読んだマンガに、現在の私に該当するキャラは居ない。

という事は、だ。

モブ転生。いや、物語に登場すらしていないのだ。モブ未満だ。

『ストーリーに全く関係ない転生』だろうか。それすなわち、単なる『異世界転生』なのではないだろうか。

しかも王太子殿下は、私より七つも年上だ。絡む要素すらない。

多分、メインの攻略対象が七つ上って事は、ヒロインもそんくらい上よね？　他の攻略対象の人も。もう世代違うくらい歳の差あるから、まず関係ないよね？　転生した家がやたら爵位高いけど、そんなの偶然だよね？

私の前世の徳が高かったから、良いお家に転生できただけだよね？

……徳など積んだ覚えはないし、多分あったとしても相当低いだろうが。

……ハっ⁉　もしや、殺すに忍びなくて、見つける度に窓から外へぽいっとしていたクモたちの恩返しだろうか⁉　……いや、『窓からポイ』では恩は売れないか……。

まあ、爵位の高いお家のご令嬢に転生してしまったのだから、後は両親の提示するルートに粛々（しゅくしゅく）と乗っかり、貴族令嬢としての務めを果たすのみだな、と思っていた。

「婚約？」

「ああ。……まだ早いと思うんだがな……」

父に呼び出され、何の用かと思ったら、「婚約が決まった」と告げられたのだ。

現在、私は六歳だ。日本人の感覚からしたら、相当に早い。

子供同士が「おっきくなったら結婚するー」と戯れに言っているのと違い、こちらはきちんと大人が決めた話だ。

だがこの世界の結婚適齢期は、男女ともに十代後半だ。あと十年ちょっとと思えば、そう早い話でもないのかもしれない。

「お相手はどなたなのですか？」

父に訊ねると、父は「ふー……」と溜息をついた。

溜息をつくような相手なのか。それとも単純に、娘に早々に相手が決まってしまい、面白くないだけなのか。……この父に、そんな感傷があるのかという点はさておき。

「お相手は、クリストファー殿下だ」

……ん？

「お父様、すみません。もう一度よろしいですか？」

聞き間違いかな？　なんか、あり得ない名前が出てきたけども。

「セラの婚約者となったのは、王太子クリストファー殿下だ」

私に言い聞かせるように、ゆっくりと、一音一音をはっきりと発音するお父様。

これはどうやら、聞き間違いなどではないらしい。流石に「もう一回」とは言えない。

いや、マジすか……？　王太子殿下って、乙ゲー攻略対象の『アレ』でしょ？　脳内に広大なお花畑をお持ちの、「国政？　何それおいしいの？」みたいな、後ろ頭ぶん殴りたくなるあの……。

そして、それ以前にだ。

「王太子殿下は、私よりも七つ年上だったかと記憶しているのですが……」

別に、歳の差のある夫婦はそう珍しくもないが。

王太子殿下となると、話はちょっと変わってくる。

王族なのだから、あちらが好きに相手を選べる立場だ。しかも、王の成婚や王妃の懐妊に合わせ、貴族の間でも結婚ラッシュやベビーブームが起こるのだから、殿下と歳の近い貴族の令嬢や令息は非常に多い。

その中から、何故に七つも年の離れた私を？　しかも我が家は、穏健・中立派だ。取り込んでも、さほどの得にならない。派閥としては極小というか、我が家に追従する家は二つくらいしかない。派閥などないに等しい。

となると、可能性としては――

「もしや……、殿下は幼女がお好きだとか……」

「セラ、それは思っても黙っていなさい」

口元に指を立て、お父様が軽く片目を細められる。

ていうか、お父様もそう思われたのですね……。

しかし、殿下が特殊な嗜好をお持ちの場合、問題が生じる。

そう。私は今でこそ愛くるしい幼女だが、時間の経過とともに麗しい淑女へと変貌を遂げる事になるのだ（希望的観測込み）。そうなった時、殿下はどうするつもりなのだろう。

勿論、『イエス、ロリータ！　ノー、タッチ！』をスローガンに掲げる、とてもジェントルな変態である可能性もある。……紳士であろうが、変態は変態だが。

だがそうだった場合にしても、私を婚約者に据えるメリットが特にない。あるとすれば、可愛い盛りを間近で見られるくらいか。

「私が麗しいレディへと成長した頃に、婚約話が立ち消えになったりするのでしょうか……？」

「麗しくは成長しそうだが、きちんと『淑女』となるかどうかは怪しいと言わざるをえんな」

クッ……！　お父様、お厳しい……！

「殿下は私に向かって、不誠実な真似は絶対にしないと、ご自身と国の名に懸けて誓ってくださった」

何故、そこまで……。

「私の美貌に、目が眩まれたのでしょうか……？」

「……六歳児の美貌に眩むような目なら、潰してしまった方が良さそうだが」

お父様……！　本当に手厳しくていらっしゃる……！

「それ以前に、お前は殿下とお会いした事もなかろう？」

「そうですね」

そうなんだよね。こちらは一方的に知っているが。

何といっても、自国の王太子だ。次代の王だ。「知りませんでしたぁ」で不敬を働く訳にいかないのだ。

が、向こうからしたら私など、『自国の貴族の令嬢』でしかない。ほぼ有象無象の一員だ。しかも、政治的に重要な家という訳でもない。

爵位こそ高いが、我が家は政治の中枢などには居ない。むしろ、国政にほぼ関わっていないポジションの家だ。

殿下が私に目を留める理由は何だ？

……考えれば考える程、殿下が幼女趣味である可能性が強まるばかりだ。

「来月、殿下がこちらへご挨拶に来られるそうだ。エレナと相談して、準備を整えておきなさい」

「は？　……こちらがお城へご挨拶に上がるのではないのですか？」

王太子がホイホイ城を空けるの、どうかと思うし……。

「殿下がそう仰られたのだ。向こうが無理を通した話だ。出向くのが礼儀だろう、と」

「……無理を通してまで、何故、私を……」

「考えても分からんのだから、考えるな」

さてはお父様、既にこの件に関して思考を停止していますね……？

とはいえ、考えても分からん事は確かだ。ここは私も、ちょっと思考停止しておこう。

何といっても、私は王太子殿下ご本人を全く知らないのだ。もしかしたら、ジェントルな変態ではなく、ガチものの可能性もある。

いや、変態でない可能性もあるか。あるか……？　ある、かも、な……？

「お断りなんかは当然……」

「無理だな。幸か不幸か、お前になんの瑕疵もない。いや、なくもないが、取り敢えず目立った瑕疵はない」

……何故言い直すのです、お父様……。そこはただ『ない』でいいじゃないですか……。

「この珠のような美幼女に、瑕疵などあろう筈がないでしょう」

「そうだな。球のような娘だな……」

ん？　何か、私とお父様で『たま』という言葉にニュアンスの違いがあった気がするぞ？

「ところでお父様」

「何だ？　球よ」

……娘を『たま』呼ばわりはどうかと思いますが。猫じゃあるまいし。

「王太子殿下は、どのようなお方なのでしょうか？」

私が知るのは、精々が公式なプロフィール程度だ。ご尊名やご尊顔、生年月日（国の祝祭日になってるしね）くらいのものでしかない。

為人（ひととなり）なんかは、全く知らない。どうせ絡む事も噛む事もなかろうと、全く興味の外にあったからだ。

「見目麗しい方だな」

とりあえず、という風情で父が言う。

「絵姿の何掛け程度ですか？」

「……セラ、『不敬』という概念を知っているか？」

「知識程度に」

頷いた私に、父が深い深い溜息をついた。

「大丈夫です、お父様。私とて場を弁（わきま）える程度の知恵はあります」

「本当か？」

「お疑いになられるのですか？」

「……逆に問うが、ならんとでも思うのか？」

「お父様は私の被る猫を過小評価しておいでです。それはそれは毛並みの良い、つやっつやの可愛らしい猫ちゃんを被れます」

「……その、無駄に良く回る舌が信用ならんのだが……」

また溜息！　しかもさっきより深い！

「殿下はとても真面目なお方だ。見目は、絵姿そのままと思っておけ」

「王族への忖度で割り増しがあるのでは？」

「つやつやの猫はどうした？」

「昼寝中です」

猫は『寝る子』だからね！

「……当日お前は最低限以外、口を開かんでいい。初顔合わせが不敬で断罪など……ちょっと面白いが、中々に情けない話だからな」

『ちょっと面白い』とか、本音ダダ漏れてますけど……。確かに、ちょっと面白いけど。

しかし『断罪』とか、乙女ゲーム転生っぽい単語キタね。ヒロイン苛めとかでも何でもなく、初顔合わせで不敬により断罪！　やべぇ！　マジでちょっと面白え！

「当日は、風邪を引いて声が出ないという設定でいくか」

そんな！　お父様！　私がちょっとワクワクしたからって！

「折角いま、ちょっと殿下との顔合わせに対して前向きになりましたのに！」

食ってかかった私に、お父様がまた溜息をつかれた。

「前を向くなら、真正面を向け。斜め前方向を向くんじゃない」

チッ。流石は父親だぜ……。まるっとお見通しってか……。

「声が出ない設定が嫌ならば、つやつやの可愛い猫とやらをきちんと被れ」

「はい……」

まあ、端（はな）からそのつもりだけども。

しっかし、王太子殿下の婚約者かぁ……。

家格からいえば、何もおかしな事はないけど。

あ、申し遅れました。わたくし、セラフィーナ・カムデンと申します。カムデン侯爵家の娘でございます。

国に八つある侯爵家の、序列で言えば四位でございます。

上から数えた方が早いレベルの家格なのだから、王太子殿下の相手としておかしな事は（色々あるけど）特にない。

ていうか、前世で読んだマンガ、王太子に婚約者なんか居なかったけどなー……？　夢見がちな少年少女が、夢見たまんま突っ走るようなマンガだったんだけど……。

お父様、殿下の事「真面目な方」って仰ってたしなー……。

……まあ、マンガはマンガか？

殿下が真面目な方で、且つ変態でもないなら、私に断る理由はないしな。

◆

そして顔合わせ当日。

『声が出ない設定』は、お母様の「お話も出来ないなんて、セラが可哀想でしょう?」の一声でなくなった。

ありがとう、お母様！　フフフ……、お父様の弱点など、私には分かり切っているのですよ……。

このために、お母様に切々と泣きついた甲斐があったというもの！

しかしお母様には、にっこりと優しい笑顔で「セラも殿下と仲良くしなさいね」と言われてしまった……。

お母様も、私を見抜いておいでですね……。

五つ年上の兄は、着飾った私を見ると、いかにも楽し気に笑った。

「やあ！　今日のセラは可愛いなぁ！（被った猫が）」

……副音声で、何か聞こえたな……。

「王太子殿下をお迎えするのに、粗相があってはなりませんから」

「そうかぁ。そうだねえ。逃げられないよう、頑張りなさい（猫にも、殿下にも）」

「はい」

お兄様の副音声、うるせぇなぁ……。

私が美幼女であるように、兄も兄で美少年だ。が、齢十一にして、この兄は中々歪んだ『イイ性格』をしている。

恐らく、父に似たのだろう。いや、お父様は別に悪い人じゃないけども。……絶対的に『善人』でもないけど。

兄は当然だが同席はしない。

王太子殿下との面会に臨むのは、私と父だけだ。

……とはいえ、どうせお兄様、どっかから覗いてそうだけど。自分基準で『面白い事』が大好きな人だし。

今日は初夏でお天気も非常にいい。なので、庭の木陰にテーブルをセットしてある。

どこからでも覗き放題だぜ！

しかし残念だったな、お兄様よ！　私の猫ちゃんは、今日は絶好調だ！

王太子殿下よ！　どこからでもかかって来い！

そんな空回り気味の気合いを入れ、王太子殿下のご到着を待つ。

ええ天気やなぁ～……と、ぼけーっと待つ事しばし。王家の紋の入った豪奢な馬車が、騎士様の馬に先導されやってきた。

ていうか、派ッ手だなぁ、おい！　いやまあ、正式な訪問だから当然っちゃ当然だけども。

因みに我が家は、派手派手しいものを好まない性質の人間ぞろいなので、馬車も非常に地味である。父曰く、「地味すぎて夜会なんかでは逆に目立つ」のだそうだ。

「可愛いつやつやの猫の準備は大丈夫か？」

並んで立った父が、ぼそっと小声で言ってくる。

「準備万端です。どこからかかってこられても迎え撃てます」

「……お前は何と戦うつもりだ？」

「それくらいの心づもりで臨んでいる、という話です」

父はただ深い溜息をつくだけで、もう返事もしてくれない。……そんな態度じゃ、娘がグレちゃうぞ？

遠目に見てもそれと分かる王家の馬車が、ゆっくりとスピードを落とし、門からのアプローチを悠々と玄関前までやって来る。

二頭立ての馬車だが、流石は王家所有だ。引く馬もとても立派な体躯で毛並みも美しい。装具もえらい高級感がある。

まあ、こういう箔付けって大事よな。頂点たる王族が侮られちゃ話になんないし。

父の目線が「余計な事は言うな、するな」と訴えてきているのが分かる。

お父様、ご自身の娘に対して信用がなさすぎでは？

素晴らしく調教された馬が、足並みを揃えて御者に従い歩みを止める。そこに従僕がフットステップを用意し、馬車の扉前に設置して扉を開ける。

それに合わせ、私と父は深々と頭を下げる。カーテシーなんかは、めっちゃ練習したからちょっと自信がある。

前世の私の人生に余りに縁のない所作なので、ちょっと面白かったからだ。あと、礼儀作法は出来ていて損は絶対にない。

殿下の足音が聞こえる。音だけならば、きびきびとしているようだ。顔を上げて歩く姿を見たいが、それが出来ないもどかしさよ。

父と私の前で足音が止まり、静かで穏やかな声がした。

「二人とも、顔を上げてもらえるだろうか」

……あれ？　何か意外と、下手に出るんだな？　もうちょっとこう、支配階層らしい上からの声掛けになるかと思ってたのに……。

お声に合わせ、父と二人、下げていた頭を戻す。

あらぁ～……。

絵姿まんまの美少年だわぁ～。

私より七つ年上なので、今年で十三歳の筈だ。その年齢より、幾らか大人びて見える。……まあ、日本人基準からしたら、こちらの子供たちはそもそも大人っぽく見えるのだが。

色味の薄い金の髪は、プラチナブロンドというのだろうか。さらっさらで、陽光にうっすら輝いてすら見える。少年らしい線の細い、けれどひ弱そうには見えない体に、すらりと長い手足。今日は略式の礼装をお召しだが、とても良く似合っておられる。

色白だが決して不健康そうに見えない肌は、毛穴をどこにやったのか問い詰めたいレベルでぴっかぴかだ。……乙女ゲームのヒーローにして少女漫画のヒーローには、毛穴など存在しないのだろうか……。

ヘイゼルの瞳は、陽光の加減だろうか、緑や青が混じって見える。宝石のような瞳だ。

当然、お顔の全てのパーツは完璧なバランスで配置されていて、文句のつけようのない美貌だ。

……正直、すまんかった。

絵姿なんてどうせ、『王族忖度フィルター』というSNSもびっくりの最強の画像加工ツールによって、上方修正されているものとばかり思っていた。

が、生身の存在感がある分、実際の殿下の方が絵姿よりも美しい。

「わざわざのお越し、恐悦に存じます」

頭を下げる父に倣い、私も再度頭を下げる。

「いや、無理を言ったのはこちらだ。礼を言うべきは私だろう」

殿下の言葉に、父と揃って身体を起こす。

何ていうか、言葉遣いとかめっちゃしっかりしてるな。マンガのイメージと大分違う。でももしかしたら、原作であるゲームの方とマンガとで、ちょっと違ってたりとかするのかも。……でもあんまり改変しちゃったら、ファンから文句出るよな……。

良く分からん。

良く分からんが、マンガの『夢見る花畑王子』よりは好感が持てるので、良しとしよう。

場所を移動し、セットしてあるテーブルへとつく。

我が家の庭はちょっとしたものだ。イングリッシュガーデン風と言えば聞こえがいいが、色々な植物が雑多に植わっている。イングリッシュガーデンは決して『雑多に植えている』訳ではないだろうが、造園の知識のない私からしたら「なんか色んなのがわちゃっと植わってる」というイメージだ。……お好きな方には土下座して謝っておこう。申し訳ない。

この我が家の庭は、植生を考慮したとか、景観を重視したとか、そういう事は一切ない。ただただ雑多な庭だ。しかも広大なので、ちょっとした野原だ。

……王太子殿下をお通しするのに、これで良かったのだろうか……。庭を会場としてチョイスしたのは母だが、本当にその判断は正しかったのだろうか……。

殿下は何やら物珍しそうに周囲を見ておられる。……お城の庭は、さぞかし美しいでしょうからね。この野生の野原感は珍しいだろう。というか、貴族の邸宅の庭として、かなりアウトな部類の庭だろう。

だが、他に類を見ないという一点においては自信がある！　……間違ってる感がひしひしとするが。

「何というか……、個性的な庭園だな」

微笑んで仰る殿下。

大分言葉を選んでくださったようだ。気遣いが出来る。これは中々の加点対象だ。

「お気遣い、痛み入ります」

父が深々と頭を下げている。しかしテーブルの下では、父の足が私の足を蹴りつけている。

……角度的に、殿下の護衛の騎士様とかには見えちゃってんじゃね？　別にいいけど。

父の蹴りの理由は、この庭のごちゃっと感がほぼ私の仕業という一点に尽きる。

異世界の初めて見る野菜やら果物やらが面白く、種が採れたものをバカスカ庭に植えまくったのだ。

そしたら意外とフツーに芽が出て成長してしまった。しかも現在は、勝手に増殖している。季節とか土壌とか、なーんも考えずに植えたんだけどなぁ……。逞しきかな、植物。

庭師たちは、途中から『美しく整える』という作業を放り投げてしまった。現在の彼らの職業は、殆ど『農夫』だ。美味しい野菜と果物を育てる事に熱心だ。

それでもきちんと、季節の花々が植わっている区画もある。……野菜に浸食され始めてはいるが。

野生の原野感満載の庭をちょっと奥へ行くと、美しく整えられた畑がある。……間違っている感しかない。

王太子殿下はそんな庭からこちらに向き直ると、私に向かって微笑んだ。

「まずは、挨拶を。クリストファー・アラン・フェアファクスだ。こちらの一方的な提案を受け入れてくれた事、感謝している」

「勿体ないお言葉でございます。カムデン侯爵が娘、セラフィーナでございます。拝謁出来まして、光栄でございます」

「こちらこそ、会えて嬉しい」

……声がマジで嬉しそうなんだよな……。何でだ？

下げていた頭を戻すと、微笑む殿下とバッチリ目が合った。理由は分からないが、その笑顔は既に何か『愛しいもの』を見るような愛情に溢れている。

……なんか、殿下の私への好感度、初対面にしちゃ高くない？　やっぱこの人、ジェントルな変態なのかな……？

「セラフィーナ嬢」

「はい」

呼びかけられて返事をしただけなのだが、殿下が何やら嬉しそうに微笑まれる。……言っちゃ何だが、ちょっと怖い。

隣のお父様をちらりと窺うと、お父様も僅かに怪訝そうなお顔をされている。そうなりますよね。

「貴女を『セラ』と呼んでも、気を悪くしないだろうか？」

「どうぞ、ご随意に」

婚約者となったのだから、何事もなければいずれは夫婦となるのだ。他人行儀であるよりは余程いい。……ちょっと、距離の詰め方が早い気もするけど。

ていうか、愛称で呼んでもＯＫよと承諾しただけなのに、やはり殿下がめっちゃ嬉しそうだ。

マジで何なの？　何で殿下、そんな好感度高いの？　そんなにこの珠のような美幼女がお好みなの？

「可能であれば、私の事はクリスと呼んでもらえないだろうか」

「承知いたしました、クリス様」

「ありがとう」

うぅ～……ん……。

何なんですか、殿下。その、眩しいものを見るような笑顔は。

お父様！　この王太子、何か怖いんですけども！

そんな思いで父を見ると、父は「堪えなさい」と言うように小さく頷いた。

……初手から好感度高いって、悪い事じゃないんだろうけど、こんなに居心地悪いものなのか……。

しかもそれが何に由来してるのかさっぱりだから、余計にだ。

この開幕スタートダッシュの理由、いつか分かるのかな……。その『理由』が、殿下は幼女がお好きとかいうんでなければいいけどな……。

多少の（というかむしろ多分の）不安を抱えながらも、クリス様との初顔合わせは何とか無事に終える事が出来たのだった。

……ついでに、何のトラブルもなかった事を、兄に「らしくないぞ☆」と言われイラっとするのだった……。

2. 君に贈りたかったもの全てを

乙女ゲームの世界（多分）に転生したらしいのだが、色々とメインヒーロー様の様子がおかしい。

そもそも、そのゲームを全くプレイした事のない私の感想なので、実際にプレイした人からしてみたらおかしな事など何もないのかもしれないが……。

こういう時、日本が恋しくなる。

現在の私の疑問も、『【急募】○○ってゲームやった事あるヤツ、ちょっと来い』とでもネットで呼びかけたら、きっと優しい賢者たちが数人は集まって教えてくれる筈だ。

だがこの世界にそんなものはない。『掲示板』っつったら、当たり前だが木で出来た板だ。

ゲームを原作としたマンガでは、王太子殿下は十八歳だった。主人公であるヒロインちゃんは一つか二つ年下だった筈。『年下』という事以外、詳しい事は覚えていない。

まあ、まだ乙女ゲームは開始前なのは確かだ。

そんな乙ゲー・メインヒーローであるクリス様の様子が、どうおかしいかと言うと。

まず、クリス様の距離の詰め方と囲い込み方がエグい。

初っ端(しょっぱな)から好感度がめちゃ高で、それだけでも「ええ……(引)」てなったのだが。初対面の数日後、早速『婚約成立の記念に』と贈り物が我が家に届いた。

私はダークブラウンの髪に、深緑の瞳というカラーリングだ。どうでもいいが、兄も全く同じカラーリングをしている。父譲りの色合いである。

クリス様から『記念に』と贈られてきたのは、私の髪に良く似た色の黒檀と、瞳に良く似た色のエメラルドを使った、王太子の象徴花であるダリアの意匠の髪飾りだった。

何やら執着と独占欲が垣間見え、家族全員で「うわぁ……」となってしまった。……というか、届けられた箱を開けてみて、全員で「うわぁ……（ドン引き）」と言ってしまった。

お父様がちょっぴり虚ろな目で「良かったな、セラ」と棒読みで仰っていた。私の返事も「ソウデスネ」と見事な棒読みになってしまったのは仕方のない事だろう。


どうやら私に対して執着だとか何だとかがあるらしいクリス様だが、それ以外にもマンガと違い過ぎていて訳が分からない。

マンガでは、それはそれは尊大なお方であった。

王太子であり、幼い頃から周囲に持ち上げられて育ったが故に、世間知らずで我が強い。まあアレだ。世に言う『俺様タイプ』だ。

その俺様王太子様が、ヒロインちゃんと出会い変わっていく……という、確かに王道な話だった。

恐らく、原作であるゲームでもそういう展開なのだろうと思われる。

だがまだ、ゲーム開始前だ。

ヒロインちゃんの名前なんかはこれっぽっちも思い出せないのだが、多分、クリス様とヒロインちゃんはまだ出会っていない。何故ならヒロインちゃんの境遇は、よくある『当主となる筈だった嫡子が、平民の女性と恋に落ち出奔。ヒロインちゃんが生まれてすぐに彼は亡くなり、ヒロインちゃんは己の出自を知らずに市井で伸び伸びと育つ』という設定だからだ。

そして『母親が病気で亡くなり途方に暮れている所に、父の生家である伯爵家から迎えが来て、一夜にして平民から伯爵令嬢となる』みたいなアレだ。

そのヒロインちゃんのお母様が亡くなってしまうのが、ヒロインちゃんが伯爵家の養女となる直前だった筈。つまり今ヒロインちゃんは、まだ出身地の農村で伸び伸びと暮らしている筈なのだ。

そのヒロインちゃんと出会ってから、クリス様は変わられる筈なのだ。

今はまだ出会ってすらない筈なのに、クリス様には『俺様』の『お』の字すらない。

とても穏やかで優しく聡明な方だ。

ただもしかしたら、ゲーム開始が近付くにつれ、今のにこにこ穏やかなクリス様が俺様へと変化していくのかもしれない。

何だそれ。最悪じゃねぇか。

そんな事にならないといいな、と心から願うばかりだ。

そんなこんなで、婚約成立から半年。

国内の貴族を集め、婚約披露パーティーが開かれる事になった。

まだ、私には何の教育も施されていない。いや、今まで家でやってきた分はあるけれども。『王族となるにあたって』的な教育はまだだ。

クリス様は何故か「セラなら大丈夫だよ」と、謎の信頼を寄せて下さる。何を根拠に言っているのだろうか。というか、簡単にクソ重い信頼なんかを、私の肩に乗っけるのはやめてくれないだろうか。

クリス様の謎のクソ重たい信頼に、多少なりとも応えるかぁ……と、お城でマナー講習を受けてみた。

講師を務めて下さったのは、さる侯爵夫人だったのだが、「特に問題なく見受けられます」と言われた。ホントっすかね？　私、公衆の面前で大恥かいたりしませんかね？

そう言うと、夫人は「セラフィーナ様の年齢を考えましたら、むしろ出来過ぎている方かと」と微笑んで仰って下さった。

そうっすよね！　何といっても、私、まだ六歳ですもんね！　ちょっとくらいの失敗なら、微笑ましく見てくれますよね！

そんな風に開き直る事が出来、ちょっと心が軽くなった。

……いや、開き直るだけじゃなくて、マナーなんかはちゃんとやるつもりだけどもさ。でもまさか、自分が王太子妃に……なんて、考えもしなかったからさ。「それなりに出来てりゃいいでしょ」くらいの気持ちでいたんだよね……。

これからは、ちょっと心を入れ替えて、真面目に取り組んでいかねばなるまい。普段被っているつやつやの毛並みの猫ちゃんも、更なるブラッシングが必要だろう。つやっつやのサラッサラのふわっふわに仕上げてやろうじゃないか。

さて、これからはそれでいいとして、まあまずは目先の婚約披露パーティーだ。


そのパーティーでは、本当なら私とクリス様によるダンスが披露される筈だった。

実はダンスにはちょっと自信がある。

私は身体を動かす事が好きなのだが、お貴族様のご令嬢に生まれてしまったので、運動などが余り出来ないのだ。折角、無駄に広大な庭とかあんのに！　任せてくれたら、庭の畑仕事もやるのに！


そのフラストレーションを発散するのに、ダンスはとても良かった。レッスン中なら、ちょろちょろ動き回っても叱られないのだ。素晴らしいではないか。こんなのもう、張り切っていくしかないじゃないか。

そういった経緯もあり得意なのだが、パーティーでのダンスは中止となった。

理由は、私とクリス様の体格差だ。

十三歳（日本でいうなら、中学一年生）と六歳（未就学児）では、基本姿勢からおかしな事になってしまうのだ。見た目は完全に「子供のお遊戯に付き合うお兄さん」だ。

一応やってみるだけやってみるか……と、クリス様と二人でのダンスのレッスンをする日があった。

思い切り前屈みになるクリス様と、クリス様にぶら下がるような格好になってしまう私を見て、講師の先生が苦笑いで「今回は無しにいたしましょうか」と仰ったのだ。

二人によるダンスがなかったとしても、参加者の方々も事情はすぐに察してくれるだろうし、と。

ダンスがない事は、私としては「まあ、そっすよね」くらいの気持ちでしかなかったが、クリス様が非常に残念がっておられた。

そして、『無しで』と決定されると、少しだけしゅんとしてらした。

……そんなにダンスやりたかったんすか？

不思議に思いつつクリス様を見ていると、クリス様は私に気付かれ「残念だけれど、『いつか』の楽しみにとっておこうか」と微笑まれた。

そうですね、と返したらば、えらく嬉しそうに笑われるものだから、何だか面食らってしまった。

……この人、マジで、何でそんなに私の事好きなの……？

『いつか』クリス様と踊れるようになる頃には、私はそれなりの年齢になっている筈だ。という事は、クリス様はもしやロリコンではないのでは……。

だといいな、というちょっとした希望が芽生えた日であった。

●●●◆●●●

そんなこんなで、パーティー当日である。

私がお子ちゃまである事を考慮し、夜会ではなく、夕方から夜にかけての開催時間となっている。ありがてぇこってすよ。お子ちゃま、夜になるといきなりスイッチ切れて眠くなるからね。

私が健やかに成長する為にも、そういった自然の摂理には逆らわない事にしている。睡眠、大事。

開始時刻は夕方なのだが、私には色々と準備がある。なので、昼過ぎにはお城に居た。

私だけでなく、マイマザーと我が家の侍女も同伴である。お子ちゃまでは分からぬ事などは、母が対応してくれるらしい。頼もしいです、お母様！

ドレスやアクセサリーなんかは、お城の方で用意してくれるという話だった。事前に採寸だけされた。……果たして、どんなドレスが出てくるのか……。

お城の侍女さんに案内され、小さな部屋に通された。ここで諸々(もろもろ)の準備をするらしい。部屋の中には、準備を手伝ってくれる侍女さんが四名ほど待機している。

着付けやヘアメイクをしてくれる人々だ。どうぞよしなに。

互いに挨拶し合い、「では早速ですが、セラフィーナ様が本日お召しになるドレスを……」と、部屋にあった衝立の奥へと案内された。

そのドレスを見て、私と母は思わず真顔になってしまった。

もんのすごい綺麗なドレスだ。胸の下あたりの高い位置で切り返しのある、所謂『エンパイアライン』という形をしている。エンパイアラインのドレスは大抵、肩やデコルテを大きく出したデザインのものが多いのだが、着用者の私がお子様である事を考慮してか、その辺りは出ないようなデザインになっている。……お子様のデコルテやら背中やら、出してもしょうがないしね……。

色合いは、淡いグリーンから、裾にかけて群青のような濃い青色へと変化していくグラデーションになっている。このグラデーションの染色技術は、最近開発されて売りに出され始めているもので、今ちょっとした『最先端の流行』となっているものだ。

そしてスカート部分には、美しい金糸でたっぷりと蔓薔薇が刺繍されている。蔓薔薇ですよ！蔓薔薇‼

この『蔓薔薇』という意匠は、恐ろしい事に『王太子妃（または王太女配）の象徴』として用いられるものだ。そしてその身分にある者以外がこの意匠を用いると、その人は「常識がない」とヒソヒソされてしまうものでもある。

確かにいずれ王太子妃となるのかもしれないが、私は未だ『婚約者』でしかない。そして今日は、それをお披露目する会だ。『王太子殿下の婚約者』としてのお披露目で、既に『王太子妃の象徴』

のついたドレスを着るとか……。ぶっちゃけ、「ないわー……」という気持ちになる。

デザイン自体はめちゃくちゃ綺麗なんだが、このドレスは本当に私が着て良いものなのだろうか……。

王太子妃という椅子に色気のある人々から「あちらのお嬢さんは、既に『妃』気取りでいらっしゃるようだ」とヒソヒソされる未来しか見えねぇよ……。

そんな、心無い人々からヒソヒソされそうなドレスを着せてもらい、髪も綺麗に結ってもらい、時間までを過ごす控え室へと案内された。

とはいえ、あと一時間程で入場となるのだが。始まってからトイレ行きたくなったりしないように、お茶なんかもあんまり飲めないし……。何しとればええんやろか。

そんな事を考えつつ控え室に入ると、中では父と兄がボケー……としていた。……お二人とも、もうちょっとキリっとしといてくださいよ……。何でそんなにボケーっとしてるんですか。

「旦那様？　どうされたのですか？　お口から魂が飛び出てらっしゃいますよ」

くすくすと笑いながら言うお母様に、お父様は「ああ……、うん……」とやはりぼんやりとした返事をしている。

本当にどうなさったのか。

お母様はお父様のお隣に座られ、さて私も座るかな……と思ったらば、お城の侍女さんがスッールを持ってきてくれた。ドレスの形を崩さない為に、そこに座ってくれとの事だった。

へいへい、了解でござんすよ……と私がスツールに腰かけると、お父様が深い溜息をつかれた。

……何すか？　もしや私がスツールに座るだけの動作に、何か粗相でもありましたか？

「つい先程までな……、陛下がこちらにいらしたんだ……」

……は？

「息子の我儘でしかない婚約の申し出を受けてくれた事に感謝する……と仰せになられてな……」

お兄様は未だボケーとしている。そのボケーとしている兄を見て、父は再度溜息をついた。

「そして、後日正式に殿下より申し入れがあるそうだが、ローランドを殿下の側近として登用したい……と仰せで」

側近⁉　この兄が⁉　……あ、ローランドは兄の名前ね。

というか、中央の権力から程遠い距離の我が家には、とんでもなく縁のない話ばかりだ。そりゃお父様もボケーとされるわ。

このさして広くもない部屋で、陛下と差し向かいとか……。ちょっとした拷問かな？

そんな事を考えていたら、誰かがドアをノックした。

ドアを開けて入ってきたのは、かっちりとした服装の男性だった。パーティーの参加者というより、お役人みたいな感じだ。

「失礼いたします。セラフィーナ様が今日お着けになるアクセサリーをお持ちいたしました」

そういえば。

ドレスは着付けてもらったし、髪もきちんと結ってもらったし、頭にはクリス様からいただいた髪飾りも着けてもらったのだけれど、アクセサリーはまだ着けていなかったのだ。

侍女さんのお話では、何やら「準備に少々手間取っておりまして」とか何とかだった。

準備に手間取るアクセサリーってなんや？

部屋の中に居た侍女さんが、男性からアクセサリーのケースを受け取ろうとしている。……のだが、侍女さん、何でいきなり手袋なんてし始めたんですかね……？　ていうか、ケースをここまで持ってきた男性も、しっかり白手袋を嵌めている。いや、男性の手袋はもしかしたら制服的なものかもしれないが。

手袋を嵌めた侍女さんは、男性から恭しい動作でケースを受け取った。……いや、何か怖くね？

侍女さんは受け取った箱を、テーブルの上にそっと置いた。ものっすごく慎重な動作だ。

持ってきてくれた人も侍女さんも、扱う手が異常に慎重じゃね？

「そちら、クリストファー殿下よりセラフィーナ様への贈り物となっております。お帰りの際にお持ち帰り下さい」

また贈り物‼

私が今着てるこのドレスも、クリス様からの贈り物なんだそうだ。ドレスだけでも幾らすんのよ⁉　ってレベルのお品なのに、更にアクセサリーまで‼　何でそう私なんかに、じゃんじゃかお金突っ込むのよ！

侍女さんがケースの留め金を外し、細心の注意を払っているかのような慎重な手付きで蓋を開ける。

中には何が……と、思わず家族全員で覗き込んでしまった。

そして全員でポカーーーンとしてしまった。

中身はアクセサリーがセットになった、所謂『パリュール』というものだ。恐らく私の年齢を考慮してのものなのだろう、全てが小振りな品物なのだが、細工が凄まじく精緻で豪華だ。

「クリストファー殿下よりセラフィーナ様へ、パリュールの贈呈となります。内容はティアラ、イヤリング、ブローチ、ネックレスの四点です。こちら、目録になります。どうぞご確認下さい」

男性は事務的に言うと、父に封筒を差し出した。受け取った父に、男性がにこっと微笑み丁寧にお辞儀をした。

「申し遅れました。わたくし、王城宝物庫管理局の局長を務めておりますマクブライトと申します」

……は？　いや、待って……。『宝物庫管理局』って言ったよね……？

王城の宝物庫ったら、数ある国宝が眠る場所よね？　そこの、管理局長様？　マジで？

管理局長様から目録を受け取った父が、それを確認している。が、めっちゃ顔色が悪い。お父様……、そこに一体、何が書かれているんでしょうか……？

見るからに高価そう——というか間違いなく高価なお品なのだけれど、それだけで父の顔が蒼白になったりはしないだろう。一体、どんな恐ろしい事が書かれているのか……。

「……『精霊の石』」

ぽつっと父の零した言葉に、家族全員が「は？」となった。

父は目録から目を上げると、私たち全員を一度見回した。そして、手にしていた目録をテーブルに置いた。

「ネックレスのトップに使用されているのは、『精霊の石』と、書かれている……」

「はぁぁ!?」

私と兄の絶叫だ。母は口元に手を添え、目を見開いている。言葉にもならないくらい驚いているようだ。

それもそうだ。

父の言った『精霊の石』とは、世界にたった一つしかない、伝承に登場するような宝石だ。お伽噺のような伝説に登場する石で、その逸話故に『国宝』と指定されている宝石だ。

ていうか、国宝なんだよ‼　国の宝が、何でこんなとこにあんだよ‼

「そちら、現在の所有者はセラフィーナ様になっております。保管上の注意事項等はこちらに」

言いつつ、管理局長様はまた何かの紙片を父に手渡した。

受け取る父の顔色がほぼ土気色だが、きっと私も似たようなものだろう。

『高価そう』とかいうレベルじゃない代物がきちまったぜ……。これ、ガチで『値段が付けられない』品物じゃねぇかよ……。何してくれてんだよ、王太子……。そら、持ってくる局長様も受け取った侍女さんも、手袋嵌めるわな！

管理局長様と父とで内容物と目録に相違がない事を確認し、受領の書類に父が溜息をつきつつサインし、局長様は「一仕事終えた！」と言わんばかりの晴れ晴れとした笑顔で去っていった。国宝を他者に贈るまで管理……など、局長様もさぞ重圧があったのだろう。……その重圧が今後、そのままそっくり我が家にかかってくる事になるのだが。

侍女さんにめっちゃ慎重な手付きでネックレスを着けてもらい、揃いのイヤリングも着けてもらった。

……精神的な重さで、首もげそう……。マジで、何考えてんだ、王太子よ……。

開始時刻が近付き、両親と兄は会場入りする為に居なくなってしまった。

パリュールの残りの品物とケースは、侍女さんが「お帰りになられるまでは、こちらで保管いたします」と何処かへ持って行った。……お帰りの際にも、渡してくれなくて大丈夫ですよ……。どうぞお城の宝物庫で保管しといて下さいな……。

開始十分前になり、私が一人ぽつんと待つ控え室に、クリス様がやって来た。

事前に何度か、打ち合わせやリハーサルのような事をしている。その際にクリス様に「私が来たからと、いちいち礼の姿勢を取る必要はないよ」と言われている。……とはいえ、棒立ちってのもな……と、一応ぺこっと会釈をしてみた。

その私に、クリス様は目を細めるように笑った。

「やはり、良く似合っている」

え、どれが？　何が？　この『身分不相応』という言葉が相応しいドレスが？　それとも、意味分かんねぇ国宝ネックレスが？

色々「？？？」となっている私に、クリス様はやはり笑顔だ。しかもめっちゃ優しい、相変わらずの激高好感度な笑顔だ。

その笑顔で、私に向かって手を差し出してきた。

「さあ、行こうか、セラ」

「……はい」

よく分からんながらも返事をし、クリス様へと歩み寄り、「さて、この差し出された手は、どうするのが正解なのか……」と迷ってしまった。

まあ普通に考えたら、エスコートの体勢だわね。男性が軽く曲げた腕に、女性が手を添える……というアレだ。けれど、私とクリス様の身長差を考えてみて欲しい。

セラフィーナちゃん、今日のファッションチェック
ネックレス
真ん中に贅沢に国宝をあしらった、意味分からん一品。クリス様からの貰い物。
髪飾り
王太子の象徴であるダリアの意匠の、独占欲丸出しな豪華なお品。クリス様からの貰い物。
イヤリング
ネックレスと揃いのデザインのムダに豪華なお品。クリス様からの貰い物。
今日の猫ちゃん
つやつや・ふさふさで、ベストコンディション。
ドレス
王太子妃の象徴である蔓薔薇をふんだんに刺繍した、意味分からん一品。クリス様からの貰い物。

現在十三歳のクリス様は、百六十センチくらいだろうか。少年らしい、線の細いすらりとした体型だ。対する六歳の私は、百二十センチもない。クリス様と並ぶと、私の頭がクリス様の胸元……くらいの差がある。

その身長差のおかげで、ダンスもなしになったのだ。エスコートの姿勢も、ダンスのホールドと似たり寄ったりで不格好になる筈だ。

……と思っていたらば、すぐそこに居たクリス様が、めっちゃ自然な動作で私の手を取ってきた。

「エスコートの姿勢だと少々不格好になるから、今日はこうして手を繋いでいても構わないだろうか？」

あ、成程(なるほど)。そういう事ね。

「はい。……今日は、どうぞよろしくお願いいたします」

今日の為に念入りにブラッシングしてきた猫ちゃんを被り、クリス様にしずしずと頭を下げる。

今日の猫ちゃんも、いい仕上がりだぜ……。

・・・◆・・・

さて、婚約披露のパーティーが始まって、一時間ほど経過した訳だが。

クリス様がマジで全然、手を放してくれない。

何かね、会場入った時点で「うん？」とは思ったのよ。

クリス様と私はまず、壇上で来場者からのお祝いの言葉を受ける、という手筈になってたんだけどさ。一段高くなった場所に、何故か長椅子があるんだよね……。

リハーサル時点だと、フツーの椅子が二脚並べられてた筈なんだけども。長椅子て……。

入場して、クリス様、私の順に簡単な挨拶をする間もずーっと、手をガッチリギッチリ握られてた。……ていうか、礼する時くらい離して下さいよ……。

そして長椅子に着席……したはいいが、クリス様の距離が近い。そんでやっぱ、手は握られたままだ。

……挨拶に来る方々が皆、ガッチリ繋がれている手を見て「わぁ……」みたいな表情になられていた。心中、お察しいたします……。

なんかもう、手を繋いだまま椅子に座った時点で、猫ちゃんが大分やる気をなくしたよね。ていうか、壇上の一脚しかない長椅子を見た時点で、猫ちゃん大あくびだよね。


さてさて――、ここで今一度、今日の私の装いを確認していただきたい。

全身、クリス様から贈られたお品だらけである。

頭には『王太子の象徴花』の髪飾り。しかも色は私の目の色に合わせた緑。ドレスはグリーンから青へのグラデーションに、金糸で『王太子妃の象徴花』の刺繍。このグリーン・青・金はクリス様の色だ。金の髪に、光の加減で青や緑が混じって見えるヘイゼルの瞳がクリス様だ。全部混ぜたら、このドレスになりまぁっす、みたいな。……勘弁してくれ……。

そして最も勘弁して欲しい、国宝ネックレス。ネックレスの中央に鎮座ましましておられるのが、我が国の国宝『精霊の石』だ。——なのだが、ぱっと見でそれと分かる人は少ないだろう。何と言っても、見た目は普通の宝石だ。よぉーく見ると、ちょっとだけ「アレ？」となるかもしれないが。そしてネックレスには、色合いのよく似た石が他にも幾つか使われている。そちらは普通の宝石だ。ガン見でもしない限り、中央のデカい石だけが『普通の宝石』ではない……など、気付かないだろう。

そして、気付いたとしても、おいそれと指摘は出来ない筈だ。

何と言っても、物は『国宝』なのだ。しかもこの石はその来歴からして、世界に二つとない品物であるのだ。それをそれと指摘するという行為は、痛くない腹を探られる事にもなりかねない。

つまり、『これが真に国宝なのだとしたら、それを質してどうするつもりだ？』という事だ。

他者の手に渡る事に不都合があるのだとしたら、それは何故だ、と問われる事になる。「あなたはこの石に、何か用でもあるのか？」と。

それに、『国宝を他者に移譲する』という行為は、そう簡単に出来る事ではない。それなりの正当性やら何やらが必要だし、何より国王陛下の承認が必要なのだ。

陛下が承認した事に異を唱えるのか？　という事にもなってしまう。

……ていうかマジで、六歳児にそんなモン贈らないでくれませんかねえ……。

まあ今日の私の装いはそういった感じで、『ワタクシ、王太子妃ですけれど、何か文句でも?』という雰囲気バリバリなのだ。

ちゅうかこのネックレス、石の正体に気付かなかったとしても、豪華すぎてあり得ねぇレベルの品物なのよ……。

そんな『婚約が決まったばっかりの六歳児』にはあり得ない装いの私に、案の定で嫌味を言ってくるマダムがいらした。……勇気ありますね、マダム。

「カムデン侯爵令嬢は、素敵なドレスをお召しでいらっしゃいますのね」

めっちゃひんやりした笑顔だ。マダムがお美しい方でいらっしゃるから、無駄に凄味がある。

「ですがまだ、そのデザインは少ぉしばかり早いのではありませんか? もう少し大人になられてからお召しになられては如何ですかしら。……尤も、ご成長された侯爵令嬢様が、どのような意匠をお好みになられるかは、わたくしでは考えも及ばぬ事でございますけれど」

ウフフ……と、ひんやりとした含み笑い付きで、私としてはむしろ「マダム、かっけぇな!」という気持ちであったのだが。

マダムのお言葉を平らに分かり易く翻訳するなら「もう王太子妃気取りかよ。婚約者でしかないクセに。どうせ何年かしたら、婚約者でもなくなってるだろうに」という感じだ。マダムの被られている猫ちゃん、中々のつやつや加減っすね。見習いたいです。

私はそんな風に特に何も気にしていなかったのだが、マダムのお言葉の途中から、お隣のクリス様の表情が変わった。

私がこの半年で見てきたクリス様は、いつも穏やかににこにこと微笑んでいらっしゃるのだ。そのクリス様が、今は目の前のマダムに負けないレベルの冷ややかな微笑を浮かべておられる。

……おっかねぇ……。マダムもクリス様もめっちゃ美人だから、凄味があり過ぎる……！

「ストウ公爵夫人」

おお！　この方は家格序列第一位のストウ公爵家の御夫人だったのか！　流石、公爵夫人！　凄味があってお美しい！

「彼女の今日の衣装は、私が贈ったものなのだが。……似合わぬかな？」

ひんやりとした笑顔で、しかもよく通るお声で言うクリス様に、公爵夫人は「まあ……、左様でございましたか……」と少々バツが悪そうな顔をしている。

ていうかクリス様、わざとよく通るような声の出し方をされたな……。クリス様のお声が届いたらしい人々が、ざわざわしている。

クリス様のお言葉を翻訳するなら「彼女を『王太子妃に』と望んでいるのは自分なんだけども、何か文句でも？」だ。

貴族は、正面から喧嘩などしない。嫌味も誉め言葉も、回りくどーくオブラートに厳重に包むものだ。……貴族、オッカナイネ……。

そして今のやり取りは恐らく、伝言ゲーム方式で会場中に広まった事だろう。

実際この後、私の衣装や立場について言及してくる者はなかった。……まあ王太子殿下があれだけキッパリと、「真正面から受けて立つから、文句言いたい人はどうぞ?」と言い放ったのだ。逆に何も言えねえよ、おっかなくて。

来客たちからの祝辞を「あざまーす(意訳)」と受け取り続け、早三時間。漸く終わりの時が来た。

つうか挨拶に来る貴族のオッサンやらマダムやらの中に、笑顔が中々の強張り方をしている人々が見受けられたが。恐らく彼らは、私に対して何がしかの嫌味でも言ってやろうと思っていたのだろう。その為の言葉を用意してきていたらば、クリス様が早々に「来るなら来い!」と受けて立っちゃったものだから、もう何を言ったらいいかも分からなくなってしまっていたようだ。強張った笑顔の人々は、長年貴族をやっているとは思えない、しどろもどろとした祝辞を述べてくれた。

そんな人々の最後尾に待ち構えていたのは、クリス様と同年代の少年が三人だった。

「お疲れ様です、クリス様」

リーダーらしき少年が綺麗な礼を披露した後の開口一番の言葉に、クリス様が少し呆れたような笑顔になった。その笑顔は明らかにそれまでと質が違っていて、目の前の少年らに対する親しみがあった。

て事は、この少年たちとクリス様は仲が良いんだな。

「労い(ねぎら)の言葉も有難いものだが、まずは祝ってはくれないだろうか」

クリス様のお言葉も、おどけるような笑みを含んだものだ。ひんやりトゲトゲなどしていない。

言われた少年らも楽し気に「仰る通りですね」などと笑っている。

何か癒されるわぁ～……。お貴族様のギスギス、めっちゃ見させられたから、こういうの何かいいわぁ～……。

三人の少年たちは、用意してきたのであろう祝辞を丁寧に述べ、私に対して挨拶をしてくれた。

リーダーらしき少年は家格三位のエヴァンス公爵家の御令息だった。めっちゃ『出来る』雰囲気の少年だ。ニコニコ笑顔の少年はハーヴィー侯爵家の御令息。落ち着いた雰囲気の物静かそうな少年はローマン子爵令息だそうだ。

「私の大切な友人たちだよ」

そう言って微笑むクリス様に、公爵令息様が「恐れ入ります」とおどけたように礼をする。普段から仲が良いのだろうなというのが、とてもよく分かる。

ややして、そこにもう一人加わってきた。今度は少女だ。

立ち姿のとても綺麗な、きりっとした美貌の少女は、クリス様と私に向かってやはり綺麗に礼をしてくれた。

「遅れて参じました非礼を、まずはお詫びいたします。殿下、並びにカムデン侯爵令嬢様、ご婚約の成立を心よりお慶び申し上げます」

「有難う。……セラ、彼女も私の友人だ。フェリシア・マローン公爵令嬢だよ」

おお！　家格二位のマローン公爵家の御令嬢様か！

すげぇ……。やっぱ『公爵家』ともなると、ぼんやり侯爵家の我が家とは大違いだな……。家格一位のストウ公爵夫人に、二位のマローン公爵令嬢に、三位のエヴァンス公爵令息。皆それぞれ、その地位の高さに見合う気品やら教養やらをお持ちのようだ。

私、ぼんやり侯爵家の子供で良かった‼

「ご紹介いただきました通り、フェリシア・マローンと申します。これからセラフィーナ様は大変な事も色々あるかもしれませんけれど、わたくしで力になれる事がありましたら何でも言って下さいませね」

「ありがとうございます」

フェリシア様、お顔立ちはちょっと気が強そうなイメージでいらっしゃるけど、めっちゃええ人やん……。

クリス様のご友人方とその後も少々お話をして、私たちは退出する事になった。……まあ、クリス様は一旦休憩された後、また会場に戻るらしいけど。

お子ちゃまの私は、今日はこれにて終了だ。

……クッソ疲れたぜ……。ずっと愛想笑いしてたもんだから、被った猫ちゃんもヘトヘトだぜ……。猫ちゃんもお疲れ！


ヘットヘトで今にも寝そうな猫ちゃんを叱咤しつつ、侍従の方に案内され、控え室に戻る。

通された部屋のテーブルには、今日振る舞われたものと同じ料理がずらっと並べられていた。

なんという事でしょう！　私の好物が目白押しではないか！

「折角だから、好きなだけ食べていくといいよ。君の為に用意をしたんだ」

「ありがとうございます！」

思わず全開の笑顔になってしまった。好物の前には、猫ちゃんもハイテンションとなる。

いや、だってさぁ……会場の後ろの方のテーブルにある料理、めっちゃ気になってたんだよね……。ホストだから、食べてる訳にいかないんだけども。でもめっちゃ気になってたんだよね！

今日、朝食べたっきりで、その後殆ど何にも食べてなかったから‼

そんな事情が全部顔に出た満面の笑みの私に、クリス様もとても嬉しそうに微笑まれた。相変わらずの、眩しそうに目を細めるような、愛おしむような慈(いつく)しむような、とにかく好感度めちゃ高の笑顔だ。

「喜んでもらえたなら、私も嬉しいな」

本当に嬉しそうな声音で言うと、クリス様は「セラは後はゆっくりとお休み」と言い、ご自身が休憩されるのであろう部屋へと移動して行った。

残された私は早速、侍女さんにお願いして料理を取り分けてもらう事にした。

それにしても、マジで私の好物ばっかだな……。クリス様、そんなのも調べたのかな……？　まあ、ウチの使用人にでも訊けば、簡単に分かるだろうしな。

ていうかさっきの『君の為に用意をした』ってもしかしなくても、『この部屋に料理を運んだ』事でなくて、『今日用意されたメニューが、そもそも私の為』って事、とか……？

いや、それは怖いわ！

『私の為』に『この部屋に食べるものを運んだ』って事にしとこう！　うん、そうに違いない！

あ、侍女さん、あざます！　いただきます！


思う存分、料理をむしゃむしゃして、お子様の私は食べてる最中に眠くなってしまい、気付くと我が家の自室のベッドの上に居たのだった。

3.『いつかの君』が、そう言ったから。

王太子であらせられるクリス様とお会いして、二年ちょっと経った。

現在、王太子殿下は十五歳である。ゲーム開始まで、あと三年という事だろうか。王太子殿下の七つ年下の私は、現在八歳だ。すくすくと健やかに成長中だ。

婚約の成立から半年後のお披露目パーティーは、何となく平和に終了した。……嫌味言ってくるマダムとかいらしたが、まあ平和なもんだ。
嫌味を言ってきたマダム、ストウ公爵夫人からは、後日私宛に詫び状が届いた。とても美しい流れるようなお手蹟で、家格第一位のマダムすげぇ！　となったものだ。
その詫び状によれば、やはり私風情がクリス様の婚約者であるという事実に、面白くないと思っている貴族が多かったそうだ。なので、家格一位である自分がまず、クリス様や私に難癖をつけて、私たちの対応を見ようと考えたらしい。面白く思っていない者が居る事だとか、そういう連中はクリス様ではなく私を攻撃するであろう事だとかは、クリス様であれば恐らく理解しておられる。そういう者が出てきた時に、果たしてクリス様と私はどういう対応をするだろうか、と。

結果はあの通りだ。

家格一位のマダムに対して、クリス様は真正面から受けて立った。

夫人からの手紙には『殿下の覚悟の程も知れましたし、殿下に泣きつこうとなさらなかったセラフィーナ様の自尊心にも感服いたしました』と書かれていた。……いや、あの……、私あの時、『マダム、かっけぇ！』てなってただけなんで……。そんな過大な評価をされると……。

猫ちゃんを更につやつやに磨き上げねばなるまい……！　この素敵マダムにガッカリされない為にも！

まあともあれ、『どういった意図があったにせよ、不愉快な行いをいたしました事は事実でございます。謹んで、お詫び申し上げます』と締められていて、やはり『マダム、かっけぇ‼』となったのだった。


そしてその婚約披露パーティーでの（我が家的）大事件、『婚約したら国宝が出てきた件』なのだが。

私は健やかにすやすやしていたので後から聞いた話になるが、城を辞する際、我が家の逆に目立つ地味な馬車の後ろを王家の紋の入った馬車がゴトゴトと付いてきたらしい。中身は私が着ていったドレス一式（そんな高価でもない）と、国宝ネックレス入りパリュールだ。

我が家の地味な馬車と、王家の豪華な馬車。その豪華な馬車を先導するように走る地味な馬車。

あー、もう、マジで意味分からん！

しかも馬車には、護衛の騎士様が四名も（！）ついていたらしい。そんなガチな警備で運搬する必要のあるようなモン、軽々しくプレゼントとかすんなよ！　ていうか、婚約者風情に国宝なんか贈るなよ！　おっかねぇな‼


我がカムデン侯爵家は、どうも伝統的に贅沢などに興味がないようで、ご先祖の遺した品々も大半がガラクタだ。そんな家に唐突に国宝が‼

慌てるなんてモンじゃない。全員、恐ろしすぎてケースに近付く事すら出来なかった。

ていうかコレ、家で保管とかって無理じゃね？　四代前の当主の宝物である『ナンバーワン使い勝手の良い鍬』とか、曾お爺様の宝物の『超カッコいい棒』とかが収められている金庫室に、これを一緒にしまうのか……。価値違い過ぎて、逆に笑えてくるわ。

そんな家なので、我が家での保管には非常に難があると言える。

それに関して、お父様から国王陛下に奏上していただいたのだが、返却やイミテーションとの交換などもあちらから却下されてしまい、家族全員で途方に暮れた。

二十四時間体制で警備が付いている王城の宝物庫に収められていた品だ。だが、我が家ではそれ程のガチガチの警備体制は無理だ。そもそも、金庫室にはガラクタしか入っていない。故に、日頃から警備などしていない。

おっかないんで返させてください！　と何度もお願いしたが、「まぁまぁ、いいからいいから」的になあなあな返事しか貰えない。

どうなってやがんだ、国王‼　更にどうなってやがんだ、王太子‼

その「返させてくれ！」「いやいや、いいからいいから」なやり取りは、王に近い廷臣たちの間では既に有名になっている。そしてそのやり取りから、『王太子殿下はご婚約者様にご執心』というのが既成事実として出来上がってしまっている。

ついでに我が家は、『欲に目の眩む事のない忠臣』などという過分な評価をいただいてしまっているようだ。必要ない高過ぎる下駄を履かされた気分だ。

お父様が心底忌々し気に舌打ちしてらした……。


王太子妃教育なるものも始まったのだが、現状、特に躓（つまず）くような部分もない。前世の記憶って、こういう部分に活きるよね。ガチもんの子供とは『理解力』って部分に差があるからね。

あと王太子妃となるには必要ないのだが、ストレス解消の為に剣術の授業も入れてもらっている。状況が訳が分からな過ぎるので、棒（模造剣）でも振り回さないとやってられない。

剣術を学ぶにあたって、クリス様からストップがかかるかと思っていたのだが、意外なくらいすんなりと「それもいいかもね」と許可が下りた。

もしかしてこの人、私が「やってみたい！」て言うなら、何でも許可してくれんのかな……？

そう思い訊ねてみたら、「いや、そういう訳ではないよ」と笑われた。……なぁんだ。違うのか。

しかし、普段はちょっと過保護なくらいのクリス様が、剣術を許可されたのは本当に意外だ。なので、何故剣術は許可してくれたのかと訊ねてみた。

するとクリス様は、何とも言えない複雑そうな笑みで仰った。

「自衛の為の力がある……というのは、悪い事ではないかと思ってね」

まあ、そっすね。……でも、何でそんなカオなんすかね？

良く分からないながらも、棒を振り回して汗を流すのは、色々とスッキリして良い。クリス様、許可して下さってありがとうございます！

◆

さて、私の記憶によれば『乙ゲーのメインヒーロー』であるクリス様なのだが。何故か私にご執心である。

繰り返すが、私の読んだマンガには『婚約者』など居ない。『セラフィーナ・カムデン』なる令嬢など影も形もない。ついでに、『かつて婚約者が居た』という設定も無かった筈だ。

マンガの王太子は、ヒロインちゃんと出会うまで、婚約者すら居ない状態だ。……それも今思えば不思議な話だが。

ヒロインちゃんは、名前は憶えていないが、とある伯爵家の娘だった筈だ。

前も言った気がするが、良くある『母親が病気で亡くなり途方に暮れている所に、父の生家である伯爵家から迎えが来て、一夜にして平民から伯爵令嬢となる』みたいなアレだ。

そんな彼女は当然、周囲の貴族男性から「気取ったご令嬢とは違い、素朴で素直で可愛らしい」とか、「明るく元気で見ている方まで元気になる」だとか評される。

……気取ってない令嬢も居ますけどね。気取らないせいで、男性から全く相手されないみたいだけども。『明るく元気』なご令嬢も幾らでも居るが、正式な茶会や夜会ではっちゃけた言動など出来ないので、これも男性諸氏が知らないだけだ。

まあ、そんなヒロインちゃんは、初めて出席した夜会で王太子殿下と出会うのだ。


(♪ズンチャッチャ、ズンチャッチャ　タラリラリラリラ～)←夜会なので多分、ワルツ。

「どうしよう……、迷っちゃったかも……」

初めての王城での夜会で、お手洗いへ行った帰りに道に迷うヒロインちゃん。

遠くからかすかに、舞踏曲が聞こえている。

「音がするのは、あっちの方かしら……?」

かすかに聞こえる音楽を頼りに歩き出す。

が、一向に会場の大広間へは辿り着かない。

「……こっちじゃなかったかな……？　何か誰も居ないし、どうしよう……」

きょろきょろしてみても、周囲には誰も居ない。

立ち止まっていても仕方ないとばかりに、廊下を歩きだすヒロインちゃん。

てくてく歩いていくと、どこかの庭園に出た。

「わぁ……、すごい。綺麗なお庭……」

流石はお城だわ、とかなんとか、呑気な感想を抱くヒロインちゃん。

と、そこへ――

「そこで何をしている？」

厳しい声に驚いて振り向くと、そこには豪華な衣装を纏った一人の青年が。

ヒロインちゃんはやはり呑気に『わぁ……、すごくカッコいい人だわ……』とか思ってる。

「聞こえなかったか？　そこで何をしている、と言ったのだが」

「あ、えと……、お花を摘みに行ったのですが、迷ってしまいまして……。大広間はどちらでしょうか？」

「逆方向だ」

呆れられちゃった……と、やはりどこまでも呑気なヒロインちゃん。

青年は「ふー……」と溜息をつくと、ヒロインちゃんに背を向ける。

「こっちだ。来い」

スタスタと歩き出す青年を、小走りで追いかけるヒロインちゃん。

――と、これが私が読んだマンガでの、ヒロインちゃんと王太子殿下の出会いである。

さー、サクサクと突っ込んでいこうか！

とりあえずヒロインちゃんは、初めて訪れた王城で、トイレへ行った帰りに迷子になる訳だが。

考えてみて欲しい。

人が大勢集まる場所にある女性用トイレは、大抵えらく混雑している。混雑する商業施設のトイレが無人であったためしがない。逆に無人だと「え？　今、清掃中とかじゃないよね？　入っていいんだよね？」とちょっと不安になる。

それは当然、この異世界においても同様だ。

むしろ、着飾ったご婦人しか居ない夜会だ。衣装や化粧を直そうという女性は、ひっきりなしに化粧室を訪れるだろう。夜会という場所でのご婦人ならびにご令嬢の、外見への執念は恐ろしいものがある。一筋の髪の乱れにすら不機嫌になる女性が居るくらいだ。

そこでおかしな方向へと歩き出そうとする少女を、見咎める人間が居ないものだろうか。

あと、戻るべき方向が分からなかったなら、誰かに訊くとかしないだろうか。どうせ人は溢れかえっているのだから。

だがヒロインちゃんはそれをしない。間違った方向へ、ズンズンと突き進む。

城だぜ⁉　うっかり変な場所に入り込んだら、痛くもない腹探られて拘束されてもおかしくない場所だぜ⁉　良く突き進めるな！

そして進んだ先で青年（王太子）と出会う。

この場の殿下の言動が偉そうなのは仕方ない。変な場所に居る変な女を誰何しようとしているだけだ。当然の対応だ。

だが王太子よ、何故貴様も供も連れず一人でそんなところに居るのか。王城主催の夜会だ。お前はつまりホスト側だろう。会場を離れて何をしているのか。

そしてヒロインちゃん、「カッコいい人～」じゃねえよな？　自国の王子くらい覚えておけよ。この後、広間に戻ってから「えぇ⁉　あの方が王太子様だったの⁉」とかなるが、事前に知っとけ！　主催者やぞ！

この『出会い』、無理あり過ぎねぇか⁉

……と、ここまでが、前世にマンガを読んだ時点で突っ込んでいた箇所だ。

妃教育などを受けている現在、城の内情などを多少なりとも知ると、突っ込み所は更に増える。

まず、『王城主催の夜会』というのは、基本的に年に三度しかない。

シーズンの開始と終了を告げる『大夜会』、そしてシーズンの中盤の折り返しの夜会だ。

他には賓客歓迎の宴や、陛下の在位〇周年（基本的に三の倍数）を祝う祝宴、王族の婚姻などを祝う宴などが催されるが、それらに招かれるのは高位貴族の当主たちが主だ。『ついこの間、伯爵令嬢になったばかり』の小娘が臨席する事はまずない。

という事は、彼女が参加していたのは、年に三度ある夜会のどれかだ。中盤の夜会は他二つに比べて規模が劣る。恐らく、二度ある大夜会のどちらかだろう。

この『大夜会』、伊達に『大』などと付いていない。国内のほぼ全ての爵位持ちに招待状がばら撒かれる。『貴族に』ではない。『爵位持ちに』だ。

つまり、普段は貴族として扱われない一代貴族や、騎士爵のような準貴族までほぼ全てが招待されるのだ。

当然、当日集まる人数は相当な数になる。少なく見積もっても二百人は居る。

それを捌く為、城内の使用人たちも総動員される。その数はざっと、千人近くになる。会場付近に詰めている給仕や侍従、従僕、侍女たちだけでも数百人だ。

そして警備の為の騎士たちも、王城勤務の者は全員動員、更に市街警備の騎士たちからも応援を借り、彼らもまた千人近い人数となる。

それら全員が、会場となる大広間を中心として動いている。

そして婚約披露のパーティーの際に知ったのだが、大広間から一番近い女性用化粧室は、広間から廊下を進み、一回曲がっただけの場所にある。しかも、そう遠くもない。

そして何か困った事があった時の為、お城の侍女さんが二人ばかり常に立ちんぼしている。彼女たちは、ご令嬢の衣服の乱れを直したり、髪型や化粧直しの為に待機しているのだ。

見えない場所には騎士様も待機している。侍女さんが合図を送れば、彼らがさっと物陰から現れる。……イジメなんかのトラブルは、こういう密室で起こりやすいからね。

世界は異なっても、そこに暮らすのは同じ人間。『女子トイレでイジメ』は、やはり定番らしい。

そして通路のそこかしこに、侍従や侍女さんが配置されている。

廊下の分岐点には、騎士様が二人一組で立っている。これは、城の主要な部分への部外者の侵入を阻むものだ。それ以外に、騎士様たちは廊下を巡回もしている。

これらを全スルーして、「テヘッ☆　迷っちゃった。ここどこかしら?」は、はっきり言って無理ゲーだ。

可能だとするならばそれは、騎士様たちがどこに配置されているか、どのルートで巡回しているかを完全に頭に叩き込んだ上で、忍者ばりの隠密スキルを駆使する必要がある。

もう『乙女ゲーム』ではなく、『ステルス系アクションゲーム』の域だ。

そしてそこまでやったなら既に、それは偶然でも何でもなく、『故意に城の深部へ潜入した』に他ならない。

本当の本当に『偶然迷っただけ』で城の奥へ行けるとしたら、それはもう天文学的数字の可能性による奇跡に他ならないだろう。

婚約披露のパーティーの打ち合わせの際、このマンガのエピソードをふと思い出し、クリス様に訊ねてみたのだ。

もしも、城の奥深い部分で「迷っちゃった」とか言う人が居たらどうしますか？　と。

「普通に迷ったとして、数歩も歩けば道を訊ねる事の出来る誰かは居るだろうからね。もしも本当に迷っただけなのだとしても、申し訳ないが拘束して事情を訊ねるかな。それが難しいようでも、せめて素性と背後を調べるくらいはするだろうね」

ですよねー。

マンガのクリス様は、そのどちらもしなかった。ご親切に大広間まで案内してやり、それでおしまいだ。王太子として、この対応はかなりマズい。

模倣犯が出た場合、「あの令嬢は見逃して、自分は拘束されるのか？」と言われたら、ぐうの音も出ないからだ。

現実のクリス様からは、非常に現実的で納得できるお答えがいただけて、何だかほっとした。

やっぱ、ゲーム・マンガと、今居る『ここ』はちょっと違うのかな。

とりあえず言えるのは、クリス様がマンガの『俺様王太子様』と真逆くらいの人で、ほんッとーに良かった！　という事だ。

あの『俺様花畑王太子様』相手では、私のよく躾けられたつやつやの毛並みの猫ちゃんも、数分と経たずに逃げ出す事請け合いだろう。

◆

さて、クリス様の婚約者となって二年ちょっと経つ訳だが。

その間に分かった事が幾つかある。

その『幾つか』の中の一つだが、クリス様はどうやら幼女がお好きという訳ではないようだ。

心底ホッとしたね‼　別に個人の嗜好にケチつける気はないけども、でもホッとしたね‼

何故それが分かったかというと、以前、クリス様とご一緒に、王立の養護院へ視察に行ったのだ。

そこには孤児や、何らかの事情から親元で生活できない子らが集められている。

問題なく運営できているのか、何か不足はないか、要望などはないか。そういった事を、職員のみならず、そこに暮らす子らにも訊いて回った。

マンガのクリス様は、「お前、ちゃんと仕事してんのか?」と問いたくなるレベルでヒマそうだったが、こちらのクリス様はきちんとご自分のすべき事はこなしておられる。そしてかなりお忙しい。

その視察の合間、クリス様は入所している子供たちと遊んでいた。女の子にせがまれ絵本を読んだり、クリス様が腰から下げている剣に興味を示した男の子にその辺の棒切れで剣術を教えたりと、とても良いお兄さんぶりだった。

そうして遊んでいるクリス様は、終始笑顔でいらした。

その笑顔は、保育士か好々爺の如き『慈愛の笑み』だったのだ。とても可愛らしい女の子なども居たが、その子にも他の子にも、同じ慈愛の笑みだった。

どうしても、マンガの『俺様』のイメージが抜けなかった私は、子供たちを微笑んで見守るクリス様が意外で仕方なかった。

……それと、クリス様が幼女趣味ではないらしい事が分かって、ほっとしていたのもある。

思わずクリス様に「子供、お好きなんですか？」と訊ねてしまった。

私の質問に、クリス様は少し苦笑するように笑われた。

「特段、好きという訳ではないけれど……」

あ、そうなんですか。その割に、嫌がる素振りもなく相手してらっしゃいましたけど……。

「昔ね、言われたんだ。『子供は国にとっての財産だ』とね」

あー……。全くもって、その通りですねぇ。

少子高齢化が極まっていた国の出身だけに、その言葉には同意しかない。誰かは知らんが、良い事を言ってくれたものだ。

国のトップである王太子殿下が出産・育児に理解を示してくれるとなると、女性からの支持も得られそうだ。

そして大切に育てられた子らはきっと、自分を慈しんでくれた国を嫌う事はしないだろう。

良い循環ではないか。

養護院の中庭にあるベンチでまったりとそんな話をしていたのだが、いきなり隣に座るクリス様に手を強く引かれ、ぎゅっと抱きしめられた。

何事⁉　クリス様、ご乱心！

一瞬そんな風に思ったのだが、直後、バンっと大きな音がした。

何⁉　何起こってんの⁉　目の前、クリス様の胸元しか見えなくて、何起こってんのかさっぱりなんだけど！

うっすらパニックになっているとクリス様が抱きしめていた腕を緩めてくれた。

音のした方を見てみると、鞘に入ったままの剣を持つ護衛の騎士様と、足元にはボール。そして「やっちゃった……」的な顔で青ざめている少年。

ポク、ポク、ポク、……チーン！

「あの少年が放ったボールが、こちらに飛んできてしまって、それを騎士様が叩き落とした……？」

どうだ⁉　状況判断的に、正解だろう⁉

私の言葉に、クリス様は「正解」と苦笑しつつ頷かれた。

イェー！　正解！

そして騎士様の立っている位置的に、ボールはどうやら私の方へ飛んできていたようだ。

ボールの持ち主らしき少年が騎士様に駆け寄り、ぺこぺこと頭を下げている。その少年に、騎士様は足元からボールを拾い上げ、手渡している。

『ボール』といっても、ビニールやゴムではない。そんなもの、発明されていない。布を硬く縛り、それを核に紐をぐるぐると巻き付け球形にしたものだ。ゴムボールなどより重いし、硬い。

あれ当たったら、かなり痛いだろーなぁ……。

「……『かなり痛い』くらいで済めばいいけどね」

あ……、やっぱそんだけじゃ済みませんか。まあ何にせよ、騎士様に感謝だわ。

それと……。

「クリス様……」

「うん？　……ああ、すまない。不躾に触れるような真似をしてしまって……」

言いつつ、クリス様は未だ私の背に回したままだった腕を退かしてくれた。

この人、ホントにジェントルなのよ……。幼女がお好きな変態なのでは……と疑って、正直スマンかったという思いだ。

基本、私に不用意に触れるような真似はしない。……まあ、エスコートが必要な場では、未だにしっかりと手を繋がれるが。慣れてきたので、もう気にしなくなっている自分が居るが。

マンガの『俺様クリス様』は、ヒロインちゃんに対して結構やりたい放題だった。

定番の壁ドンは二度目か何かの邂逅で早々にクリアし、至近距離からの顎クイやら、不意打ちでのハグやら、「貴族としてというより、人として距離感バグりすぎてアウト」な感じだったのだ。

だがこちらのクリス様は、適切な距離を保ってくださる。おかげで安心していられる。

以前、城を散歩していた時に私の髪に何かが付いていて、それを取ろうとした際にも、きちんと「少々いいだろうか」と断りを入れてくれた。

……余談だが、髪についていたのがデカめの芋虫で、超音波並みの声にならん悲鳴を上げてしまった。その場に居た侍女さんや騎士様たちは微笑まし気な表情でこちらを見ていたが、涙目で固まってしまった私を前にしたクリス様はあたふたしてらした。

そんなジェントルなクリス様のさっきの行動。あれはつまり——

「私を庇おうとなさったのですか?」

それしかない。

けれど私の言葉に、クリス様は苦笑するように微笑まれた。

「積極的に『庇う』という意識があった訳ではないけれど……。結果的に、そうなるかな」

「ありがとうございます」

礼を言い、頭を下げる。クリス様は「いや、礼など……」と仰っているが、庇って貰ったのは事実だ。だがしかし、だ。

下げていた頭を戻し、クリス様を真っ直ぐ見た。

「私を庇ってくださるそのお心は、嬉しくも有難くも思います。ですが、私を庇うより先に、御身を大切になさってください」

可愛げのない台詞である事は承知だ。

けれど、挿げ替えのきく婚約者風情と違い、クリス様は唯一の王太子殿下なのだ。

有事の際、何があろうとも守られねばならないお立場だ。その人が私を庇うなど、あってはならんだろう。あっても良いが、優先順位はもっと下げてもらわねば、警護の騎士様たちも困るだろう。

私の可愛げの欠片もない台詞に、クリス様は一瞬きょとんとしたお顔をされた。

ご気分を害してしまっただろうか。けれどこのクリス様は、マンガでの『俺様』の欠片も見当たらない程に穏やかな人格者であらせられる。

小娘の小生意気な説教くらいで、ご気分を害されるような方ではなかろう。

そうは思いつつもちょっとビクビクしていると、クリス様は握った拳で口元を隠すような仕草をされた。

……うん？　何か、笑ってる？　何わろとんねん。

「……クリス様？」

小娘の背伸びした説教が面白かったのだろうか。

クリス様は「ふふっ……」などと、小さな声を漏らしながら笑っている。

せやから、何わろとんねん。

「……すまない。君が可笑しい訳ではなくて……」

くすくすと笑いながら言われるので、説得力もへったくれもない。

クリス様は気持ちを落ち着けるように、はー……と深い息を吐いた。そして私を見ると、とても綺麗に微笑んだ。

「何だか、嬉しくて」

何がやねん、と思ったのだが、口に出せなかった。口に出せなかった理由は、エセ関西弁だからではない。

私はその時、目の前のクリス様の笑顔に見惚(みと)れていたからだ。

マンガのクリス様も、今目の前に居るクリス様も、ちょっとビックリするくらいの美人だ。

マンガのクリス様は、コミカライズの漫画家さんの超絶技巧で、ちっちゃいコマ一つすら鑑賞に堪える美しさだった。……その分、お花畑思考の俺様の残念感が際立ちまくったが。

現実のクリス様はマンガよりまだ三つ年若いが、「間違いなく三年後にはあの絶世の美形になる」と確信できる麗しさだ。

その超絶美少年が。

こちらを真っ直ぐに見て、眩しいものを見るかのように目を細め、とても穏やかに幸せそうに微笑んでいるのだ。

見惚れるでしょー！　こんなの、ガン見するでしょー！

その絶世の美少年の極上の笑顔をほけっと眺めていた私は、ちょっと忘れかけていた疑問をふと思い出した。

クリス様は何故私を婚約者に選ばれたのか、という疑問だ。

あの『俺様残念王太子』ですら、言い寄ってくるご令嬢には事欠かなかった筈だ。この『有能人格者ド美人王太子』なら、わざわざ七つ下のガキを選ばんでも、国の内外を問わず相手など掃いて捨てる程居るだろう。

私などより、もっと国益となる相手も居るだろうし、もっと釣り合いのとれる美女だって居る。けれどその中から、クリス様は私を選んだ。

そして初対面から今に至るまで、謎の高い好感度をキープしている。ちなみに私は、特に好かれるような事をした覚えはない。

まあね？　私も言うても美少女ですからね？　人を惹きつける力？　そういうのはあるかもしれないけどね？　……自分で言うと、虚しい事この上ないが。

折角思い出したんだし、いい機会だから聞いてみるかな。

「クリス様」

呼びかけると、クリス様が「うん？」と返事をしつつ、軽く首を傾げられた。え、なに？　無自覚のあざとさまでお持ちなの？　クリス様、無敵じゃない？

「一度、お訊ねしてみたかった事があるのですが、よろしいですか？」

「私で答えられる範囲なら」

きっちり予防線を張るその姿勢、嫌いじゃないです。だが……。

「クリス様にしか答えられぬ事かと思います」

何せ、クリス様のお心の中の事だ。

「……何故、私を婚約者に選ばれたのですか？」

私の問いに、クリス様は答えを探すように目を伏せられた。

睫毛、ながぁい。小説なんかにある『伏せられた睫毛が頬に影を作り』って、ホントにあるのねぇ……。美人って凄いわぁ……。

そんなどうでもいい事を考えながらクリス様を見守る事暫し。

ややして、クリス様は伏せていた目を上げると、私を見て少しだけ困ったように微笑まれた。

「理由は、きちんとあるのだけれど……」

けど？

「いつか必ず話すから、もう少し、待ってもらえないだろうか」

「構いませんが……」

いつか話してくれるというなら、その日を待つだけだが。

「もしも差し支えなければ、『今、話せぬ理由』をお伺いしても？」

差し支えるようなら、そう言ってくれたらいいし。もしかしたら、高度な政治判断なんかがあるのかもしんないし。……なさそうだけど。

クリス様はやはり、少しだけ困ったような笑顔だ。

「理由は……、まず、単純に長い話になるからだね」

「成程」

納得。視察にやって来ただけの養護院のベンチだ。何時間もここに居られる訳ではない。

そんで、『まず』って言ったよね。て事は、他にも理由あるんだよね？

「それと……」

クリス様は軽く言葉を切ると、私を見て微笑んだ。

やはり眩しそうに目を細めた笑顔だ。けれどその笑顔が、何故か少しだけ寂しそうにも見えた。

「もう少しだけ、時間が欲しい。……君に、全て話すだけの勇気と覚悟を、準備する為に」

……なんか、えらく重いトーンと単語じゃね？　え？　なんかそんなヤバい話なんですか？

茶化せる空気でもないので、そんな言葉は言えなかったが。

分かった事は、私を婚約者に選んだ理由というのは、クリス様にとっては『話すのに覚悟が必要』なくらい重要な話であるらしい、という事だけだ。

……もしかして、「やっぱ幼女が好きなんで、成長したセラフィーナはお呼びじゃない」とか、そういう話になんのかな……。

だとしたら切ねぇな、などと思うのだった。

4. 幾度目かの『今回こそは』という決意

今年は、クリス様が十八歳になられる。

そう。乙女ゲーム開始の年だ（多分）。


乙女ゲームといえば、ヒロインの名前は思い出せないのだが、王太子妃教育の中でヒロインのファミリーネームは見つけた。

シュターデン伯爵家がそれだ。

何故ヒロインの名前は思い出せないのに、家名だけは覚えているかというと、マンガを読んでいた時に引っかかっていたからだ。登場人物、ほぼ全員英語圏の名前なのに、なんでヒロインのファミリーネームだけドイツ語圏の名前なんだろう、と。

この世界では『英語』『ドイツ語』ではないが、英語に相当する言語がこの国の公用語だ。なのでやはり、シュターデンという家名はちょっと珍しい。

王太子妃教育で国内の貴族を一通り頭に叩き込む必要があり、その際にシュターデン伯爵家も登場した。

そしてその来歴を知り納得した。

シュターデン家は、ドイツ語に相当する言語を使用する国からの移民だった。この国へと移ってきた理由や経緯は不明だが、百年ほど前に他国から移り住んできた人々だったのだ。

そして衝撃の事実が‼

シュターデン伯爵家は、私がその教育を受けているまさにその頃、国家反逆罪にて一族郎党処刑されてしまっていた。

私が九歳の頃、つまり今から二年前の出来事だ。

縁続きの人々も投獄されたり、国外へ追放されたり、やはり処刑されたり……と、貴族界隈に激震が走ったのだ。

彼らは元居た国と繋がっており、そちらからの密命を受け、我が国の王朝の転覆を目論んでいた……という事なのだが。

ヒロインちゃん、今、どうなってんだ……？　孤児になるヒロインちゃんの受け皿、処刑されちゃったぜ……。

私はクリス様にお願いして、その一件で処分を受けた人々の名簿を見せてもらった。

未成年の子らには、大抵が温情措置となっていた。……恐らく中枢付近に居たであろう未成年は、流石に見逃してもらえなかったようだが。

その名簿には、クリス様より一つ二つ年下の女の子は居なかった。

ヒロインちゃん、ホントにどうなってんだ⁉　もしゲーム通りに未来が進んでいくんだとしたら、

お母さん、数年後にはご病気で亡くなられるんだよね⁉

そうは思ったのだが、気付いてしまった。

この世界、十六で独り立ちしてる女の子、全然珍しくないわ。

私が懇意にしているブティックにも、十四歳のお針子の女の子居るし。彼女の夢は、自分のブランドを持つ事だそうだ。夢でキラキラしてる子って、可愛いわねぇ〜。

一桁年齢なら仕事もなかろうが、十六歳（もしくは十七歳か？）の女の子なら雇ってくれるお店は幾らでもあるのではなかろうか。

ヒロインちゃんは可愛いのだから、食堂の看板娘なんか似合いそうだ。

というか！　あの乙女ゲームっていうか、少女マンガ！　裏側にこんな、国家転覆の陰謀とかあったのか！

だとすれば、ヒロインちゃんが「迷っちゃったぁ〜☆」で城の深部へ侵入できたのも納得だ。

恐らく、ヒロインちゃんにはそれら陰謀は知らされていない。私なら絶対に知らせない。何故なら『フワフワ脳みそ花畑ちゃん』にそんな陰謀を知らせたところで、何の役にも立たないからだ。むしろ足を引っ張ってくれそうだ。

そのヒロインちゃんをただの駒として、伯爵家の実働部隊にでも『出会い』をお膳立てして貰えば良い。偶然でも何でもいいから、ヒロインちゃんと王族の間に繋がりさえできれば良いのだ。

百年も潜伏しているような家だ。僅かな楔（くさび）であっても、打ち込めれば上々といったところだろう。

そしてもし、乙女ゲームの通りに事が進んでいったとしたならば――。

そこまで考えて、ゾッとした。

どう考えても、この国、滅ぶよな!?

お花畑俺様王子×お花畑ゆるふわ令嬢。このカップリングに、明るい未来などあるだろうか。いんや、ない（反語）。

花畑に花畑を掛け合わせると、恐ろしい事に相乗効果で花畑は数倍に広がってしまう。お妃しか目に入らない王と、王しか見えていない王妃。暗君まっしぐらだ。きっと、放っておいても内部から崩壊する。

そういう裏あるなら、先に言えよォ！

そんなヒストリカル・ロマンな裏があるなら、あのマンガももーちょっと楽しめたのに！

くそう……という気持ちで、名簿を持つ手に思わず力が入ってしまった。それをクリス様はご覧になっていたらしい。

「余り、気分の良いものではないだろう？　無理に見る必要などないよ」

あちゃ。ご心配をおかけしてしもうた。

「いえ、大丈夫です。……少々、考え事をしていましたら、つい、力が入ってしまっただけで……」

今更、前世のつまんなかったマンガの正しい楽しみ方を知って悔しい、とか。下らな過ぎて絶対言えないし、言っても分かんないだろうしね。

「そういった物騒な話からは、君を遠ざけておきたい気持ちはあるんだが……」

苦笑しつつ仰るクリス様に、私は名簿をお返ししつつ言った。

「避けて通って、知らずに巻き込まれる方が恐ろしいかと。知った上で、回避する方法を講じる方が、何かと安全なのでは？」

知らされないと、そもそも『安全』も『危険』も判別の付けようがなくなる。私としてはそちらの方が恐ろしい。

何事であれ、『報(ほう)・連(れん)・相(そう)』は大事だ。

「全く、君の言う通りだ」

私の差し出した名簿を受け取りつつ、クリス様はまた苦笑するように笑われた。

「避けて通れぬ事柄などは、君の耳にも入れる事になる。物騒な話も多いだろうけれど、耐えられるだろうか」

「ですから、聞かされない方が恐ろしいので。秘匿(ひとく)すべき事項は伏せていただいて構いませんが、出来るだけ風通し良くお話しいただきたいかと思っております」

言うと、クリス様は僅かに楽し気に笑われた。

「頼もしいな。……本当に、君で良かった」

……何が？　私で良かった……って、婚約者が、って事？　良く分かんないな。

でも質問しようにも、クリス様、書類仕事に取り掛かっちゃってるしな。お邪魔しちゃ悪いから、お暇しよう。

――という事があり、ヒロイン退場により乙女ゲームは始まらないと思われる。いや『退場』って言うより、『欠場』？　まあ、何でもいいけども。

でもちょっと待てよ？　こういうパターンは知っているぞ。『乙女ゲーム転生でヒロイン不在』パターンは、『乙女ゲーム転生モノ』の小説やマンガでは、既にテンプレ展開だ。

そして『ヒロイン不在』となる理由としては――

その一、『ヒロインに転生してしまった女性が、ゲーム展開を避けるためにフラグを折った』
その二、『原作知識を持つ転生者の行動によって、ゲーム展開がバグった』
その三、『そもそも、ゲームの世界ではなかった』

などがあるだろう。

可能性が高そうなのは、一つ目だ。

私のように、『恋の花が咲き乱れる花畑』に「ウヘァ……」となってしまう人物がヒロインに転生していたならば、何がどうなろうがフラグはへし折りたいと考えるだろう。

そしてもしもそうであったならば、ヒロインちゃんのお母様も亡くならずに済むかもしれない。

……まあ、癌みたいな治療の難しい病だった場合、ヒロインちゃんに前世知識があったとしてもどうにもならんのが辛いところだが。

ヒロインちゃんが、前世天才外科医だった……とかいう展開、ないかな。でも外科手術の知識だけあっても、設備とか薬品とか衛生観念とかが足りないか……。世の中、上手くいかんもんだな……。


二つ目に関しては、私の行動によっても展開がバグる可能性があるのだが、ぶっちゃけ『私の行動で展開が～』は、ないと踏んでいる。

何故なら、メインヒーローであるクリス様との初対面時に、既にクリス様がマンガとは大違いのお人柄だったからだ。そしてマンガには登場していない『婚約者』だ。しかもこちらがねじ込んだのではなく、あちらからのお申し出だ。

クリス様は初対面の時から現在に至るまで、とても真面目で誠実で穏やかなお方だ。彼の人格形成に、私が関わる余地がない。

もしかしたら、クリス様の周囲にゲーム知識がある転生者がいるのかもしれない。だとしたら、その人には力いっぱい「グッジョブ‼」と言いたい。

そして最後の三つ目だが、これはもう、私如きちっぽけな人間には推し量れぬ事だ。

……というか、そもそも私は、オリジナルのゲームを知らんのだ。『ゲームを原作として、ゲーム内の一つのルートを描いたマンガ』を読んだだけだ。なので、攻略対象が何人居たのかも知らなければ、クリス様以外のルートがどうなるのかも知らない。そしてもっと言えば、クリス様ルートも原作再現率百パーセントなのかどうかも分からない。コミカライズするにあたって、端折ったり付け足したりしたエピソードはあるだろう。

そんなふわふわ知識しかないのだ。

小説やマンガにあるように「原作だと、この日のこの時間に、ここでこういうイベントが……」など、何一つとして分からない。

精々分かるのは、『コミカライズされたクリス様ルート』との差異くらいだ。

……もしかして、クリス様ルート以外だと、ヒロインちゃんが伯爵家に拾われないスタートとかもあったりすんのかな？　いや、物語の導入から変えるとか、そんな手間かかる事しないか……。

そんな事されたら、『共通ルート』がなくなって、周回攻略も手間だしな……。

可能性は色々あるが、別に私は『世界の謎』に迫りたい訳ではない。迫ってみたところで、どうせ明確な解答を与えてくれる存在はないんだろうし。

ただちょっと思ったのだが。

こういう『乙女ゲーム転生でヒロイン不在』の場合のテンプレとして、『ヒロインになり替わろうとする転生者』という存在が出てきたりしないだろうか。そしてそういう手合いは、「どうせなら、一番身分の高い王太子様を攻略したいわよね～☆」とかほざき始める。そうなった場合、私は激烈邪魔な目の上のコブだ。

そういう手合いが登場しないといいな……と、切に願うばかりだ。

だが、乙女ゲーム展開を再現しようとする花畑ちゃんが登場したとして、クリス様がそれに篭絡されるとは思い難い。

マンガのクリス様と現実のクリス様では、言動から考え方から、何から違っている。

もしかして、ゲーム開始が近づくにつれて、クリス様は急激に知能が下がり俺様に変貌してゆくのでは？　と危惧した事もあった。

ものっそい杞憂だったが。

クリス様は十八になられる現在も、聡明で穏やかなド美人であらせられる。

マンガではちょっとやんちゃ（というか雑）であった言動はなく、見目そのままの優美で穏やかな言動の方だ。知能が下がったような気配もない。

急に「民たちの為に、炊き出しを行おう！」とか言い出す事もない。……まあそれは、マンガではヒロインちゃんに吹き込まれたせいだったけども。

炊き出しのような一時しのぎではなく、教育の拡充だとかの中長期的な支援策をとっておられる。

まあ、多分、クリス様は大丈夫だ。

十八になった途端、知能が激烈に低下するとかでない限り。

ゲーム知識を持った転生花畑令嬢とかが出てきても、クリス様が靡(なび)く事はないだろう。

ここまでのお付き合いで、私としてもクリス様に対して情だの何だのは育っているのだ。それが『恋愛』なのかどうかは定かではないが。

今更ヒロインちゃんが出てきて、クリス様に「やっぱあっちがいい」なんて言われたら、ちょっと……いや、かなり悲しい。

どうかそんな事になりませんように、と願うしか出来ないけれど。

なりませんように‼

• • • ◆ • • •

クリス様のお誕生日は、初夏である。

それに合わせて、盛大なお誕生日会がある。お誕生日会と言うとカジュアルだが、正確には『生誕祝賀の宴』だ。カジュアル感などない。他国の大使なんかも参加する、格式ばったデカい宴会だ。

婚約者である私は、当然出席だ。

お誕生日のお祝い自体は、クリス様のお誕生日の翌日にひっそりとやった。クリス様の休憩のお時間をいただいて、一緒にお茶をしつつ、お祝いさせていただいた。

この国において、十八の誕生日というのは特別な意味を持つ。十八歳が成人とされる年齢だからだ。なのでクリス様は、もう『一端の大人』として扱われる。

ささやかなお祝いとして、刺繍入りのハンカチをプレゼントした。当然、私がチクチクと刺したものだ。

実は私は、絵にはちょっとした自信がある。アニメ・マンガ風なイラストではなく、水彩画や油彩画などだが。その私の絵心をもってすれば、刺繍の下絵など造作もない。……ウソです。ちょっと先生に手伝ってもらいました。


クリス様は、貴族たちから『白薔薇の君』などと渾名されている。純白の薔薇のように清廉で気高く美しい……という事らしい。

白薔薇の君なので、薔薇でも刺繍しますかね～、とチクチクやったのだ。

刺すのは刺繍だけで良いというのに、指を大分チクチクやってしまった。

刺繍に必要なのは、絵心より手先の器用さだ。私はそれを完全に失念していた。

針、ちっちぇえよ！　何だよ、このクソ細けぇ下絵！　描いたの誰だよ⁉　私だよ‼

ちょいちょい指をぶっ刺すおかげで、まっ白なハンカチに点々と血の染みが付いてしまった。刺繍途中なのでまだ洗う訳にもいかず、誤魔化す為にその部分には小さな蝶を刺繍した。

おかげで、大分広範囲に大量の蝶が舞う、非常に華やかな図柄となった。

結果オーライ！

これ、誰も血染めのハンカチだとか思わないでしょ！　むしろ、豪華でキレイな刺繍じゃん！

ただし、刺繍の先生には「刺繍が多すぎて、ハンカチとしましてはいささか使い辛いような気も……」と言われてしまった。……言わないでください、先生。私も途中からそう思いつつ、現実から目を逸らしてたんですから……。「刺繍多すぎて重てぇな」とか、うっすら思ってたよね……。

やっぱちょっと、ちょうちょ減らそう！　と、完成した後にお洗濯をし、ちょうちょを一つ解いてみた。お洗濯したから、血の染みも落ちたかな、と期待して。

……バッチリ、ガッツリ残ってた。しかも洗ったせいで、錆色に滲んでた。

アカン。ちょうちょ居なくなると、完全に呪具か、事件現場の遺留品じゃん……。

そういう訳で、解いた箇所にもう一度ちょうちょを刺繍し直した。

そんな裏話はキレイに隠し、ついでにハンカチも綺麗な箱に収納し、クリス様に差し上げた。

クリス様はとても喜んでくださり、「こんなに沢山の刺繍を入れるなんて、時間がかかっただろう？」と労ってくださった。

まあね。時間はかなりかかってますけどね。……日ごとに増えるちょうちょのおかげで。とはいえ、謙遜して「それ程でもありませんので、どうぞお気になさらず」とか言っとくけどね。

「ああ……、嬉しいな。私の幸福まで、祈ってくれるだなんて」

広げたハンカチを隅々までじっくりご覧になり、クリス様は本当に嬉しそうにそう呟かれた。

この『幸福を祈る』というのは、そういう意味の古い古い言葉を刺繍してあるからだ。おまじないみたいなものだ。誰かに物を贈る時、この言葉をどこかに入れてもらう……というのは、割とよくある。『ありとあらゆる禍が、あなたを避けて通りますように』的な、詩篇の中の一節だ。

何となく、入れてみただけの言葉だ。

何となく……、そう、何となく、毎日国の為にお忙しくしているクリス様に、『クリス様個人』の嬉しい事や楽しい事があるといいな……と。

貿易協定がこちらに有利な条件で締結できた、とか、巷を騒がせていた盗賊団を根こそぎひっ捕らえる事ができた、とか、そういう大きな『国にとって良かった事』じゃなくて。

クリス様が夜おやすみになる前にでも、ちょっと思い出して、『ああ、今日はいい日だったな』と思える程度の良い事が、沢山あるといいな……と。

「……嬉しいな」

ぽつりと、クリス様は先ほどと同じ言葉を繰り返した。手に持ったハンカチに視線を落として。

目を伏せ微笑むクリス様が、何故か、泣き出してしまいそうにも見えた。

口元は笑みの形を作っている。けれど、眉根が僅かに寄っている。それはまるで、泣き出したいのを、力を入れて堪えているように見える。

「……クリス様？」

どうしたのか、と問おうとした私に、クリス様は視線を上げ微笑まれた。

「セラ」

「はい」

呼びかけられたので返事をしただけなのだが、私の短い返事にクリス様はとても嬉しそうに笑われた。

……このカンストしてる好感度も、謎なんだよなぁ……。

余談であるが、『カンスト』とは『カウンターストップ』の略である。ゲームで何かのパラメータの上限が『99』に設定されていたとして、自キャラがレベルアップしたりしてそのパラメータが99に達する事を「カンストする」と言ったりする。

無自覚にヒロイン乗っ取りでもしたか？　でも、ヒロインちゃんみたいな『無邪気で元気で明るい博愛主義』なんて、私にはそんな素養これっぽっちもないしなぁ……。

「ありがとう。とても嬉しい」

「喜んでいただけたなら、何よりです」

私の指にあいた無数の穴も報われます。

「本当に、とても嬉しい」

そう繰り返されると、こんなショボい刺繍のハンカチで良かったのか、逆に申し訳なくなってく

るからやめてください……。

「嬉しい……」

クリス様はまたそう繰り返すと、持っていたハンカチにそっと唇を寄せられた。

とても大切なものを愛おしむように、慈しむように、静かな穏やかな笑みを浮かべて。

いやぁぁーーー‼　無駄な色気がすごぉーーい‼

思わず心の中で叫んでしまった。

別に私が何かされた訳ではない。いかがわしい事をしている訳ではない。ただ、手に持ったハンカチにキスしただけだ。

だというのに。

何と言うか、見ちゃいけないものを見ちゃった気分だ。

ヤバい。多分、私の顔は今、真っ赤になっているだろう。

何だろーなぁ、もう！　私が何かされた訳じゃないのになぁ！

恐らく真っ赤になっているであろう顔を隠そうと、私は軽く俯いた。クリス様はきっとそれに気付かれただろうけれど、特に何か仰ったりはしなかった。

そして私は、早々に会話を切り上げ、逃げるようにクリス様の執務室からお暇するのだった。

クリス様の婚約者となった際、クリス様からいただいた品々がある。

その中で最も我が家を青褪めさせた、『ペンダントトップに国宝が鎮座するネックレス』だが、アイツは現在、城で管理してもらっている。

父と国王陛下との間で「返させてくれ」「いやいや、いいからいいから」という埒の明かんやり取りを繰り返す事、数十回。

あっちの埒が明かんなら、こっちの埒を明けてみようと、角度を変えて迫ってみる事にしたのだ。

父から陛下へ、我が家では警備が不安なのだ、と切々と訴えてもらった。というか、ウチが青褪めた一番の理由がそれだし。

もし管理に不備があり、盗難に遭っただとか、破損しただとかの場合、たとえ所有者が私であってもきっと何か言われる。所有者が「あー、ええねんええねん。構へん構へん」と言っても、多分誰も聞いてくれない。それは非常に面倒くさい。

所有者は私のままで、管理だけ城の方でお願いできないだろうか、と申し出てみたのだ。

それに陛下は「そういう事なら」と納得してくださった。

お城から宝物管理の担当官の方が、騎士様三人付きでパリュールを引き取りにいらした。

その厳重警備で引き取りに来るようなモン、そもそも軽々しくプレゼントとかしないでくれませんかねぇ!?

管理の担当官の方は、「あくまで所有者はセラフィーナ様でいらっしゃいますので、持ち出しの際は管理担当の者に声をかけていただければ、いつでも可能です」と笑顔で言い置いていかれた。

……そっすか……。所有も国に戻してもらっても大丈夫なんすけどね……。

持ち出しの際は云々と言われたが、普段使い出来る代物でもない。なので今もお城の宝物庫で、騎士様に守られながら眠っている事だろう。

年に一回くらいは着けるかも？　という程度だ。


その『年に一回くらい』の日が、今日である。

今日はクリス様の生誕祝賀の宴が開催される。

私は当然、出席だ。……というか、私は未だ『婚約者』でしかない立場だ。本来、『会場に居るだけで良い』存在なのだが、何故か当然の如く『クリス様のお隣で一緒に祝辞を受ける』事になっている。

……だからそれ、『王太子妃』の仕事だと思うんすよね……。私まだ、妃じゃないんすけども……。言うだけムダそうだから、言わないけども。

夕方くらいから、日付が変わって翌日の二時くらいにお開きになる、考えただけで長くて溜息が出そうになる会だ。

とはいえ、各国からの大使や何やらをお招きしての固い宴会は前半のみで、後半はもう「帰りたい人は帰って大丈夫よー。残りたい人は好きなだけ飲んで食べてってね～」的なマジで『宴会』になる。

そして前半は他国の偉い人たちと、国内の高位貴族に限った宴会なのだが、後半は「おめでたい席だから、お祝いしたい人（貴族限定）はみんなおいで～！」な大宴会だ。

この前半さえ乗り切れれば、今日はもう終わったようなものだ。

……その『前半』の神経のすり減らし方が尋常じゃないけれども。しかし、頑張るしかあるまい！　さあ、こんな日の為につやっつやに磨き上げられた猫ちゃんよ！　出でよ‼

◆

——気合いを入れて臨んだ前半戦が終了した。

前半戦のゲストは、前述の通りに各国の王族やら大使やらだ。絶対に粗相があってはならない相手だ。クリス様のお隣でニコニコしてるだけとはいえ、ものっそい疲れた……。何かもう、帰りたい……。

そして相変わらずの、壇上に置かれていた長椅子。会場に居る間中ずーっと、手をがっちり繋いだまま放してくれないクリス様。それを突っ込んで良いのか分からず、ちょっと笑顔が微妙な感じになる他国の方々……。

彼らはこの光景を、自国に戻りどう伝えるのだろうか……。クリス様の他国での評判、ボロボロになるんじゃなかろうか……。

六歳のあの頃と違って、今はもうちょっと身長も伸びたから、もうフツーにエスコートでいいような気がするんだけども……。クリス様が「行こうか、セラ」って、笑顔でめっちゃナチュラルに手を繋いでくるから、何も言えなくなるけども。

そんなこんなで、精神的に結構疲れた……。

友好国の大使さん、がっちり繋がれてる手をガン見してらしたけど、どう思われたのかしらね……。フフフフ……。

今は私は、控え室のソファにだらーっと座ってお水をいただいている。疲れた体に、お水が染み渡りますよ……。

ソファでだらだらなんてしてたら、ドレスが崩れるだろうとか思った？　うん、その通りなんだけども、でも大丈夫なのよ。

なんと！　これからセラフィーナさんはお着替えの時間なのです!!

……また、クリス様からドレス贈られちゃったよ……。ていうか、今着てるのも、クリス様からの贈り物だよ……。

婚約披露のパーティーの際、私にチクっと言ってきた家格トップのストウ公爵夫人とは、何だかその後も親交があったりする。ていうか、私が夫人に謎に気に入られている。まあ、夫人、めっちゃかっけぇから、見てるだけで勉強になって有難いんだけども。

その夫人に、先日城内でお会いした際に、今日私が着る予定のドレスの色なんかを訊ねられた。

……主催側と被っちゃったりすると、失礼になったりするからね。私は別にそんなんで怒ったりはしないけど、そういうモンだからね。

お答えすると同時に、クリス様が私に湯水のようにジャブジャブお金を突っ込むのが怖い、という愚痴を言わせていただいた。……夫人からというか、ご主人のストウ公爵から諫言いただけないかな～……とか期待して。

すると夫人は「ふふっ」と、とても艶やかに笑われた。……カッケェ……。

「セラフィーナ様が夜会などでお召しになっているドレス等は、拝見いたします限り、王太子妃に割り振られる予算で充分に賄えるお品でございますよ。『お金を使い過ぎ』などという事はございませんわ」

いやぁー……、でもぉー……、そうは言われましてもぉー……。

「一番『上』の者がみすぼらしい服装をしていたなら、それより『下』のわたくし共はそれを超えてはならないと逆に苦慮する事となります。ご自身のお立場、きちんと理解なさいませね」

夫人はまた「ふふ」と笑いつつ、私のデコを細い指先でつんと突き、「では失礼いたしますわね」と美しく礼をして去っていった。去り際までかっけぇ……。あと夫人が歩いて行く時、めっちゃいい香りがした……。カッケェ……（うっとり）。

しかし確かに夫人の仰る通りだ。

華美な物を苦手とする我がカムデン侯爵家では、用意するドレスも地味だ。いや、『地味』というと言葉が悪いな。『シンプル』だ。そう。シンプル・イズ・ベストだ。そういうものを良しとする我が家では、たとえお金をかけてドレスを作ったとしても、見た目はどうしても地味――もといシンプルになってしまう。

ご来場の淑女（レディース）たちに「それを下回ってね♡」は、無茶振りもいいところだ。

これは素直に、クリス様のご厚意に甘えておこう。

夫人のおかげで、そう思う事が出来た。

でもまあ、クリス様が用意して下さるドレスとか、どうやって調べるのかは謎だけど、私の好みにバッチリ合ってるんだよね。だからぶっちゃけ、金額とか気にしなくていいなら嬉しいんだよね。

……どうしても頭の隅に「なんぼすんねん、コレ……」という思いがチラついて、素直に喜べなかったんだけども。でも、夫人にも「予算内」て言ってもらえたし、これからは素直に喜んどこーっと。

そんなこんなで、休憩を挟んで、お着替えを済ませて、後半戦に出陣でござる。

私が大分疲れているので、私自慢のつやつやふんわり猫ちゃんも大分ヨレっとしている。……猫被んのも疲れるのよね……。

お着替えを済ませて少々待つと、クリス様がお迎えに来て下さった。因みに、クリス様もお着替えをしておられる。前半戦はがっつり装飾の付いた礼服だったのだが、今は普通のパーティーの装いだ。

この国の服飾の様式は、地球で言うと『現代日本のコスプレ文化』っぽい。……まあ、乙ゲー時空だと思えば然もありなんというところだが。一応、服飾史なんかで変遷を辿ってみると、理解出来なくはないギリギリのラインの歴史を辿って来ている。

そんな感じなのでクリス様がお召しになっていた礼服は、アニメやマンガに出てきそうなキラキラ・ファンタジー王子な装いだった。しかしそれがウソみたいに似合うのが、クリス様の美貌の恐ろしいところだ。

……めっちゃ似合ってた……。

コスプレイベントであんな人居たら、二重三重のカメラマンの輪が出来るわ……。ＳＮＳにアップなんてしたら、一発でバズれそうだわ……。あ、自分も写真一枚いいっすか？　……この世界、まだカメラないけども。

肩から羽織ったマントだったり、その下のサッシュ（肩から掛ける豪華なたすきみたいなヤツね）だったり、ジャケットだったりが、全部刺繍と装飾に溢れていて、美しいのだがめっちゃ気になる事が一つあった。

なので思わず、クリス様に訊いてしまった。「クリス様のその衣装は、重たかったりしないんですか?」と。

うん。阿呆な質問だとは思うわ。

でもすんごい気になったんだもん!! めちゃくちゃ重そうなんだもん!!

その阿呆な質問に、クリス様は一瞬だけきょとんとされた後、少し楽しそうに笑われた。

「それなりの重量はあるかな。今度、着てみるかい?」

着てみてぇ!!

前世の平凡な私では無理だが、今の美少女な私ならば、男装もさぞやイイ感じに決まる事だろう!

そうは思ったのだが、マントを留めるブローチにガッツリ王家の紋が入っていたり、ジャケットの胸元に国章が刺繍されていたり、よく見るまでもなく施された装飾に貴石がふんだんに使用されていたり……と、至る場所から『王太子殿下の為だけのお召し物』感が溢れ出ている。

これ、クリス様以外の人が袖を通しちゃいけない代物だと思いますわ……。

後ろ髪を引かれる思いはあったが、クリス様にはきちんとお断りをした。

余談だが、後日、クリス様が「気になっていたようだから」と、この日の礼装一式を用意して下さった。着てみなくても、重さが気になっていたのなら、持ってみるといいよ、と。……クッソ重かった……。想像の三倍くらい重かった……。

これ、『ナントカ養成ギプス』とか、『暴走を抑える拘束具』とか、そういう目的の物じゃないですよね？　クリス様、良くこれ着てへーキな顔されてますね……。

そう言うと、クリス様は笑いつつ「まあ、『そういうもの』だと思っているからね。要は慣れだね」と仰っていた。

そんなクソ重たい衣装から理解出来る重さの衣装に着替えたクリス様に、お手々をがっちり握られて、再度会場入りだ。

……この手、やっぱ放してもらえないんすね……。いいけどさ、もう。これこそ慣れたけどさ。


またいつもの長椅子に並んで座り、後半戦から参加した人々からの祝辞を受ける。

前半の他国の方々は、私たちのガッチリと繋がれた手を微妙なお顔でご覧になっていたが、後半の自国の貴族の方々は流石に慣れたものだ。

全員がぬる～い笑みを浮かべて下さる。

……その顔もやめてくれませんかねぇ……。何かちょっと居た堪れない気持ちになるんすけどねぇ……。皆さまのぬる～い笑みと比例して、私の繊細なハートがひんやりしていくんですけどもねぇ……。

ついでに、お貴族なご両親に連れられたご令嬢・ご令息たちまでが、同じぬる～い笑みを向けてくる。

この七歳差のあるお子ちゃま婚約者に突っかかって来るご令嬢など、この会場には存在しないらしい。そしてご令息たちは、クリス様に取り入りたいらしく、私を全力で持ち上げにかかってくる。非常に座りが悪い……。「お二人はいつ見てもお似合いでいらして」って、本気か、侯爵令息‼「私もセラフィーナ様のような、素敵な相手を見つけられると良いのですが」って、お前は何を言っているのか伯爵令息‼

それらの言葉を、クリス様は見事な愛想笑いでさらっと躱されている。……向こうの意図がスケスケで、乗せられてやるにも一苦労ですもんね。

そんな光景を、愛想笑いでやり過ごす事暫し。

ふと気付いてしまった事がある。

もしかして、例の『乙女ゲーム』のオープニングの夜会、今日のコレなんじゃねぇか⁉

爵位の高低を問わず、『王太子の成人を祝う』つもりのある貴族であれば、誰でも参加できる。ヒロインちゃんは『伯爵令嬢』だったのだから、当然『つい先日、養子に入ったばっかり』でも参加OKだ。むしろ、養子に取ったばかりの娘であったなら、人脈作りや紹介の為に、今日は非常にうってつけの機会となるだろう。

そして今日の趣旨は『お祝い』であるので、普段の夜会などよりマナーを煩く言われない。

農民から貴族令嬢へと華麗なる転身を遂げたヒロインちゃんが参加するには、もうマジで『これしかねぇ‼』というレベルでぴったり過ぎる。

……て事は、だ。

もしも乙ゲー時空あるあるの一つ『物語の強制力』的なものがこの世界にあるとするならば、今この会場のどこかにヒロインちゃんが居てもおかしくはない。

この『物語の強制力』というのは、『何らかの物語（ゲームやマンガ、小説など）をベースとした異世界では、そのベースとなった物語通りに全ての事物が進んでしまう現象』の事だ。

ただなぁ……。

私は立場上、今日の会場周辺の警備態勢なんかを知っている。そして、ヒロインちゃんと王太子が出会うであろう庭園の場所も分かっている。

ヒロインちゃんの出発地点であるトイレから庭園までのルートと、騎士様や侍従・侍女の皆様方の配置を総合して考えてみても、『偶然、あの庭園へ辿り着く』はほぼ不可能だ。

騎士様たちの巡回ルートというのは、ゲームなどと違い、『絶対に何処にでも誰か一人の目はある』という風に組まれている。ゲームならそれを掻い潜らねばならない為、『全員が背を向けている時間帯』などが意図的に用意されているのだが。現実の警備に於いて、そんなものはない。というか、あったらヤバい。

ステルス系のゲームのように、空き缶……はこの世界にはないから石ころを放り投げて気を引くだとか、段ボール……もこの世界にはまだないから、木箱を被ってやり過ごすだとかは、成功率は限りなく低い。何故なら、騎士様たちは二人以上でチームを組んで巡回の任に当たっており、不審な何かを発見しても、必ず一人は周辺を警戒しているからだ。警備態勢がしっかりしてて、中々に素晴らしい。

あとついでに、城の廊下にいきなりデカい木箱があったら、フツーに中を検(あらた)めると思うし。……まあ、『段ボールでステルス』は、現実でも散々ネタにされるくらいには突っ込まれまくってるけど。公式もネタにするレベルだし。

けれどそれら『まずあり得なさそうなアレコレ』も、『強制力が働いている乙ゲー時空』であれば可能となるのかもしれない。……知らんけど。

原作ゲームと違い、クリス様は今日もにこにこ穏やかな笑顔でいらっしゃるが、これは単純に『ヒロインちゃんがクリス様ルートを選択していないから』なのかもしれない。

ヒロインちゃんを引き取る筈だったシュターデン伯爵家は既に消滅してしまったけれど、別の貴族がヒロインちゃんを養子に取ったなんて事も……、……いや、ないな。どこぞの貴族が養子を迎えたとか、そんな話、全然聞こえてきてないしな……。

でも私が知らないだけかもしれない。

この会場に、ヒロインちゃんは居るのだろうか。居たとして、果たして本当に乙女ゲームは始まってしまうのだろうか。

そして、私の手を未だガッチリ握って放そうとしないクリス様は、これから急激に目も当てられないくらいに知能が低下していったりするのだろうか。

……『今』のクリス様、嫌いじゃないんだけどな……。ていうかむしろ、かなり好きなんだけどな……。

もし乙女ゲームが始まったりしたら、私はどうしたらいいんだろうか。

私の読んだマンガでは、私に相当するキャラが居ないのだ。つまり私は、よくある『ヒーローの婚約者にして悪役令嬢』などではない。割り振られた役のない私は、ゲームが始まったら早々に退場となるのだろうか。……ものっそい悲しい……。

ヒロインちゃん……、ヒロインちゃんは居るのか⁉ 居ないのか⁉ ……顔も朧げな記憶しかないけれど。ゆるふわ系令嬢って事しか覚えてないけど。

そんな事を考えつつ、会場中をキョロキョロと見回していた。手がかりは無きに等しいが、『ゆるふわ系美少女』が居ないか……と。

そのキョロキョロと挙動不審な私のお隣で、クリス様も何だか会場を見回しておられる。……クリス様も、何かお探しで？ ……もしや、ヒロインちゃんを……？

「……クリス様、何か……どなたかを探してらっしゃるんですか？」

自分の事は棚に上げて、クリス様に訊ねてみた。私の事はいいのだ。私が多少、挙動が不審であっても、それは多分いつもの事だ。……自分で言うと悲しい事この上ないが。

私の質問にクリス様は、こちらに視線を移しにこっと笑った。

「別に、そういう事ではないよ。ただ、『今この会場に、誰が居て、誰が居ないか』を見ていただけだね」

ほー……。参加者の把握も主催の義務、的な？

「さて……、セラはそろそろ、帰る時間かな」

懐から取り出した時計を見て言うと、クリス様はまた私を見てにこっと笑った。

「今日は疲れただろう？　帰ってゆっくりと休むと良いよ」

言うと、クリス様は周囲に控えて居る人々に私の退出の旨を伝えて下さった。

……私が帰った後に、乙ゲー展開きたらどうしよう……。でも疲れたのも確かなんだよな……。

多分、もう直(じき)に電池が切れる。ガクンと眠気がやって来る気配がする。

私の心の中で『乙ゲー展開があったらどうしよう（ていうか、あるなら見てみたい）』という気持ちと、『クッソ疲れた。お家帰ってお布団でスヤスヤしたい』という気持ちとで軽い葛藤があったのだが、秒で後者に軍配が上がってしまった。……だって、マジで疲れたんだもん……。

乙ゲー展開があったとして、あるならそれは『世界の強制力』というものだ。世界などという馬鹿デカいものに抗うには、私という美少女は余りに無力……。ここは素直に、お家でスヤスヤしておこう。それがいい。そうしよう。

私が帰るだけなのだから、私一人が退出すれば良いのだけれど、これも毎度の事ながらクリス様もご一緒に一旦退出される。

そんで控え室まで送って下さる。勿論、手はガッチリ繋いだままだ。

控え室に到着すると、既に私が帰る為の準備が出来ていた。

今日着ているドレスなどは、お城で着付けて貰ったものだ。それをそのまま着て帰れるよう、私が家から着て来ていたドレスなどが纏められ、侍女さんが運ぶ用意をしてくれている。

首から下がった『国宝ネックレス』なんかは、そのまま着けて帰る事になるらしい。明日、お城の管理官の方が引き取りに来られるそうだ。

我が家の馬車は、両親が既に乗って帰ってしまった。……お父様、お母様、娘を置いて先に帰らないで下さいよ……。気疲れする気持ちは、痛い程に分かりますけども！

なので私は、クリス様がご厚意で貸して下さったお城の馬車で、ゴトゴトと家まで運んで貰う事となった。


家に着いた私は、侍女たちにドレスを脱がして貰い、家着に着替え、余りの疲労からお風呂などもスルーしてベッドにダイブしたのだった。

クリス様の夢を見たような気がするのだが、翌朝目覚めると、そんな事は一切思い出せなくなっていた。

幕間　望みを叶えてくれるというのならば、

十八の生誕祝賀の宴は、特に大事無く平穏に終了した。

宴の間中、会場を隈なく見渡していたのだが、特に問題となるようなものは見受けられなかった。

まあ、それも当然だ。

この日の為に、ずっと準備をしてきたのだ。『何事か』など、あってなるものか。

ここまでしてそれでも駄目なのだとしたら、私はもうどうしたら良いのか分からない。これ以上、打てる手など残っていない。

彼女を先に帰してしまって、その後はずっと、ただひたすらに祈るような気持ちで翌朝を待った。

今日という『この日』がどれ程に重要なものであるのか、それを知る者は少ない。なので、私が何を恐れ、警戒しているのか、正確に知る者など殆ど居ない。

そもそも、誰かに話して聞かせようにも、余りに荒唐無稽でふざけた話だ。信じてくれと言うのも無理がある。

なので私は、当たり障りのない『それならば有り得るだろう』と思われる話をしか、周囲の者にはしていない。

取り敢えず今、彼女の家の周囲で哨戒に当たっている騎士たちには、『彼女に預けたままになっている国宝を守れ』と言ってある。……本当は、あんなものはどうだって良いのだけれど。

それでも。

たとえ『あんなもの』であっても、望みを叶えてくれるというのであれば、あらゆる危機から彼女を守ってくれる筈だ。

何故なら、私はそう願ったのだから——。

一睡も出来ずに夜明けを迎え、齎（もたら）される報を待った。凶報ではなく吉報であってくれと願いながら。

昼前、彼女は少々の寝不足以外は、いつもと何ら変わりない様子であったと聞かされた。

この瞬間の安堵を、誰か分かってくれるだろうか。

とても重要な『私の十八歳の生誕祝賀』という行事を終え、その日を『本当に』無事に終え、私は一つ決心をした。

彼女に、全てを話してみよう、と。

私がとんでもなく愚かであった事。それ故に起こった悲劇。その後の私の身に降りかかった不可思議な出来事。

恐らく、簡単に信じてもらえるような話ではないけれど。

それでも私には、『彼女であれば、全て理解し信じてくれるだろう』という確信めいた思いがある。

何故なら、彼女は『セラフィーナ・カムデン』だ。

私がこれまで見てきたセラであるならば、一聴して荒唐無稽に思えるような話であっても、簡単に笑い飛ばすような事はしない。彼女なりに考察し、理解に努めてくれる筈だ。

それに何より、セラは『ふしぎな事』が大好きだ。不思議な出来事や、不可解な出来事なんかの話には、誰より目を輝かせる。

だからきっと、笑ったり馬鹿にしたりせず、最後まで聞いてくれるだろう。……相当に長い話になるだろうが。

ただ、私の話を最後まで聞いてくれた彼女は、一体どういった感想を持つだろうか。それだけが怖くはあるが……。

話してみよう。

この身に起こった、全ての出来事を――。

5.『思い出』は、良いものばかりではないけれど。

クリス様の十八歳のお誕生日会も無事に終わり、日々はゆるゆると過ぎ去り、私は十三歳になった。

クリス様は現在二十歳だ。

一応、クリス様が十八歳であった一年間、私は乙女ゲームが始まったりしないかと警戒していた。生誕祝賀の宴の日だけでなく、それ以外の夜会なんかでも、ヒロインちゃんが居たりしないかとキョロキョロしまくったりもした。

が、まっっっったく、これっぽっちも、そんな気配すらないまま一年が終わった。

……ヒロインちゃん、今、何処で何してんだろ……。『物語の強制力』みたいなの、この世界にはないんかな……。それとも、『この世界が乙女ゲーム時空である』っていうのが、私の気のせいとかそういうのなんかな……。

クリス様の十八のお誕生日会には、国の内外から沢山の人々がお祝いにきてくれた。……招待した、とも言う。

国内の貴族たちは、自身の息子を伴って来た者が多かった。クリス様の『側近』という椅子に、若干の空きがあるからだ。そういう人々は、クリス様に対して、自身の息子を猛プッシュしていた。

ご令嬢を伴ってきた貴族も多かったが、クリス様と釣り合いの取れそうな年齢のご令嬢方は、会場に居る貴族のご令息をターゲットと定めていた。どうやら端から、クリス様はターゲットに入っていなかったようだ。

あんだけ美人で、人格者で、権力も財力もお持ちの方なのに、ご令嬢に人気ないっておかしくない？

そう思い、私は後日、兄にそれを訊ねてみた。

兄は現在、恐ろしい事に、クリス様の側近という立場に居る。クリス様には「悪い事は言いませんので、もう少々慎重にお選びになられては……？」と再三言ってみたのだが、「慎重に選んだからこそのローランドだよ」と言われてしまった。

という訳で、何故かクリス様の信の篤いらしき兄に「クリス様ってご令嬢に人気ないの？」と訊ねてみた。

すると兄は呆れたように「お前はどこまで本気で言ってるんだ？」と溜息をついてきた。

兄曰く、人気は当然あるらしい。けれど様々な夜会や茶会などで、常に私を隣に置いて、手をしっかりと繋いでニコニコしてらっしゃる姿を見ると、ご令嬢たちはスン……っとなってしまうようだ。

……言われてみりゃ、そらそうだ。

そしてご令嬢たちからの誘いは、『やんわり』ではなく『どキッパリ』とお断りになられる。絶対に気を持たせるような言動はしない。

それだけでも難攻不落感はすごいのだが、夜会での態度がまた、ご令嬢たちを「あ……、うわぁ……」とさざ波のように引かせるらしい。

『夜会』というのは、大抵夜半過ぎくらいまで開催されている。私はクリス様の婚約者として出席するのだが、如何(いかん)せん、未だ育ち盛りのお子様だ。九時過ぎくらいにはおねむになる、とても健やかな女児だ。ちなみに、朝は六時には目が覚める。健やか過ぎて怖いくらいだ。

そんな健やか女児なので、私は夜会に出ても夜九時前には退出する。それ以上居ても、おねむでがくんがくんと乱暴に舟を漕いでしまうからだ。

クリス様もそこはご承知なので、時間が遅くなってくると「そろそろセラは帰る時間かな」とあちらから促してくださる。有難し。

問題は、その後だそうだ。

私は帰ってしまうので当然知らなかったのだが、私が帰った後のクリス様は、誰が見てもはっきりと分かるくらいにテンションがガタ落ちするのだそうだ。

私を見送った数分後くらいから、「さっきまでの笑顔はどうした」と問い詰めたいレベルでつまらなそうなお顔になるらしい。そんで、めっちゃ溜息が多くなるらしい。

毎度毎度そんな感じだそうで、そらご令嬢も引くわ、と納得せざるを得なかった。

あとついでに、婚約披露のパーティーの際の、ストウ夫人とのやり取りの成果もあるらしい。初回にガツン！　とかましたのが良かったようだ。

後日、夫人から詫び状が届いた際、クリス様にもそれをお知らせした。するとクリス様は、「そうだろうね」と納得して笑ってらした。

そうだろうね、とは？　と不思議に思い訊ねたら、次のようなお返事をいただいた。

「ストウ公爵家というのは、国を思い民を思う『忠義の臣』だ。その夫人があの場であのように、私やセラに突っかかって来る……というのは、何か相応の理由があるのだろうと考えるのが普通じゃないかな」

そしてその『理由』とは、幾つかあったようだ。

クリス様は「夫人に確認した訳ではないけれど、恐らくはこんなところではないかな」と前置きしたうえで教えてくれた。

「まずは、セラへの書状にあった通り、『反対する姿勢を見せた時に、私たちがどういう反応をするか見たかった』のが一つ。どうやら私もセラも合格を貰えたようだけれど、そうでなかった場合、ストウ公爵家が私たちの婚約を反故（ほご）にする為に動いたかもしれない」

おお！　そうなっていた場合、『乙ゲー転生あるある』の婚約破棄展開になっていた可能性があったのか！　……にしても、婚約成立から半年で破棄は、稀に見るスピード感だが。

そんな事を考えていた私に、クリス様はにーっこりと微笑まれた。

「まあ、そんな事はさせないけれどね」

……そっすか……。相変わらず、その謎のクソ高好感度、何なんすかね……。

「次に恐らくだけれど、『そういう風に思っている貴族が多数居る』という事を、私たちに教えようとしたのだろうね」

公爵家だ。お茶会なんかを開催すれば、多数の貴族の御夫人を集める事が出来るだろう。そして恐らく、そういった場でクリス様のご婚約のお話になったりもするのだろう。

そこで収集した様々な話を総合して、夫人は『不満を持つ者代表』のような役割をしたのだろう。

「不満を持つ者は、『私ではなく、セラを攻撃しようとする』という事も含めて、私に教えたかったのだろうね。そして『私自身でなくセラを攻撃されたなら、私はどう動く気か』という事を見定めようとしたのではないかな」

確かに、夫人は私にだけ嫌味を言ってきた。

私はちょっと「私に嫌味言いたいなら、クリス様が居ないとこの方がいいんじゃないかなー……」などと思っていたが、夫人はそういう事もひっくるめてクリス様に挑戦状を叩きつけてたのか……。夫人、めちゃカッケェっす……。

「そして最後に、ああして衆目を集めて『こういう不満を持つ者が居る』という事を代表して発言したのは、『そういう連中に言いたい事があるなら、今言ってしまえ』と促してくれたのだろうね。

おかげであの後、不満のありそうな貴族たちが静かだっただろう？」

確かに、それもそうだ。

冷や汗を流しながらしどろもどろになっていた人々は居たが、そういう人々も祝辞以外を口にする事はなかった。

「家格一位のストウ公爵夫人に、私が反論したのだ。それに劣る家格の者など、口を出せる問題ではない、という事に他ならない。……夫人は本当に、気の利く女性だね」

て事は……。

「クリス様が夫人に言い返された時、わざと声が通るように発声されたのは……」

「折角、夫人が用意してくれた場だ。有効に使わせて貰おうと思ってね」

輝くような笑顔で言い切ったクリス様に、私は「マンガの花畑王子と違って、この王子、意外と曲者で怖えぞ……」と思ったのだった。

というか、あの短いやり取りで、こんだけの意味と意図があったとか……。もっと勉強しないといけませんわ……。

そんな事を考えていた私に、クリス様が微笑まれた。それはいつもの、眩しそうに瞳を細めるあの笑顔だ。

「君を無遠慮な悪意になど晒させない。安心していいよ」

クリス様はとても眩しそうに私を見るが、私にはクリス様のその笑顔の方が眩しいですよ……。

ていうかマジで、このカンスト好感度、何なんだよ……。

もう大分、クリス様の前では猫被ってないんだけどな……。クリス様とお会いする時は、私自慢のつやつやの毛並みの猫ちゃんは、知らん顔で昼寝をしている。それも、結構前からだ。

猫ちゃんが居ない私など、生意気で可愛げのない子供だと思うんだけども……。

そんな十三歳の年の瀬、クリス様に呼び出された。

何かお話ししたい事がおありになるらしい。

改まってお話って何かしらね～。そういや、すっかり忘れてたけど、ここ『乙女ゲーム時空』だったわね～。じゃあテンプレ的には、婚約破棄かしら～。でも、『破棄』なんてされるような有責事項、私には身に覚えがないわね～。

……あれ、『破棄』じゃなくて、『撤回』とかじゃダメなんかね……？　『契約の破棄』って、結構強い表現よな。まあいいけど、何でも。

そう。忘れていたけれど、ここは（多分）乙女ゲーム時空だ。……クリス様、もう二十歳だし、ゲーム終了してそうだけど。

でも、身の回りに乙女ゲームっぽい事、なーんもないんだよなー……。気付いてないだけ？

そんな事を考えながら、案内の侍従さんの後について歩くこと暫し。

案内された場所は、小さなサロンだった。

ここは城の大分奥まった場所にあり、王族の方々の居室も近い。故に、付近に人気がない。出入り口にドアなどがなく、ガラス窓も大きく、開放的な場所だ。

普段は恐らく、王族の方々が休憩されたりお茶を楽しんだりする場所なのだろう。

テーブルには、既にお茶の支度が整えられている。

お茶とお菓子、テーブルを飾る花、燭台、そういった諸々の他に、テーブルの上にドンと置かれている箱がある。

あの箱は……、あの引くくらい装飾の美しいビロード張りのジュエリーケースは……。

あれはそう、例の国宝が使われたネックレス入りパリュールのケースだ。

クリス様は、何故、あんなものを持ち出したのだろう。

やっぱ返してくれ、とか？　そんなら、諸手を上げて「どーぞ、どーぞ！」なんだけども。

何やろ……。これから、何の話されるんやろか……。

クリス様は少々遅れるという事らしいので、先に一人でソファに座ってクリス様を待つ。

……しっかし、あの箱の存在感よ！　すげー気になるわ！　中身が国宝だって知ってるせいもあるかもしんないけど、気になってしょーがないわ！

そわそわしながら待っていると、やがてクリス様がやって来られた。

「呼び立てておいて、遅れるような真似をしてしまい、すまない」

「いえ、どうぞお気になさらず」

お仕事、お忙しい事くらい、分かってますから。

侍女さんがお茶のカップをセットしてくれて、それが終わるとささっと居なくなってしまった。

遠目に護衛の騎士様が居るのが見える。でも、ざっと見える周囲には誰も居ない。

え？　人払いされてる？　そんな重要な話？

私の隣に座ったクリス様は、お茶を一口飲まれると、カップを静かにテーブルに戻した。

『隣に座っている』とはいえ、相変わらず適度な距離は保ってくださっている。ホント、クリス様のこういうとこ好きだわ。

このサロンを選んだ理由もきっと、『人払いをしても完全に人目を遮らない』からだろうし。なんてジェントル。

「あの、クリス様……、今日は何のお話で……？」

我慢しきれず、思わず訊ねてしまった。

クリス様は深呼吸をするように一つ息を吐くと、私を見て微笑まれた。

「いつか、君が訊ねただろう？『何故君を婚約者として選んだのか』と」

「はい」

頷いた私に、クリス様は目を伏せた。

「今日は、その話を聞いてもらおうと思ってね」

クリス様は視線を上げると、私を見て苦笑するように笑われた。

「長い話になる。長い上に、荒唐無稽でさして面白くもない話だ。……それでも、聞いてくれるかい？」

「はい」

確か以前お訊ねした時には、私に話すだけの勇気と覚悟が足りないから……とお断りされた。

そんな大層な決意が必要な話であるならば、長かろうがつまらなかろうが、最後まできちんと聞くのが筋だ。

即答した私に、クリス様はまた一つ息を吐かれた。

「では、これから話す事は、私と君だけの秘密にしてくれるかな？」

口元に指を一本立てて、私を見て微笑むクリス様に、私は頷いた。……ていうかクリス様、ホントにその無自覚にあざとい仕草、なんなんすか……。可愛いじゃないですか……。

「きっと、とても信じてはもらえないような話だけれど……。それでも、我慢して最後まで聞いて欲しい」

「どんと来いです」

つやつや猫ちゃん、絶賛昼寝中。

いや、クリス様がなんか不安そうな目をしてらっしゃるもんだからさ……。つい……。

私のふざけた返事に、クリス様は「ふふっ」と小さく笑われた。

「やっぱり君は頼もしいな」

クリス様はなっがいおみ足をゆったりと組むと、その上に頬杖をつくようにして、こちらをご覧になられた。

わーぉ。無駄に絵になるぅ。美人って、何してても絵になっていいわね～。私の絵心が疼(うず)くわぁ。

そんな事を考えている私に、クリス様はその姿勢のまま小さく笑った。

「君を婚約者に選んだ理由は単純で、……少々恥ずかしいのだけれど、初恋の人、だったからだね」

言葉通り、僅かに照れたように目を伏せるクリス様。その目元も、ほんの少し赤くなっている。

美人の照れ顔、ご馳走様です。

でも待ってくれ。

初恋……って、何歳のクリス様が、何歳の私に⁉ 払拭された筈のロリコン疑惑、再燃！

そろそろロリータも卒業の私だ。クリス様がガチもんだった場合、ぼちぼち射程から外れる年齢だ。

やはり……、婚約破棄だろうか……。許可なく勝手に成長するなど、言語道断！ みたいな……。

マンガとか小説でも、ここまで理不尽な理由での婚約破棄、ちょっと見ないぞ……。

そんなとっ散らかった事を考えている私に、クリス様はとても静かな声で仰った。

「君に初めて引き合わされたのは、五歳の頃だった」

……ん⁉

五歳？　え？　いや、私とクリス様の年齢差、七歳……。

「五歳の私は、同い年の君に一目で恋に落ちた」

……は⁉　同い年？　え？　何ソレ。どこの世界線の話⁉

混乱する私に、クリス様はまたにこっと微笑まれた。

「順を追って話すよ。……少し、長くなるけれどね」

6. どうか最後まで語り終えられる勇気を

「まずは、そうだな……」

クリス様は小さく息を吐くと、テーブルの上をご覧になられた。お茶、お菓子、お花、……そして例のジュエリーケース。

様々なものが置かれたテーブルから、クリス様はジュエリーケースを取り上げた。そしてそっと蓋を開けると、私に中を見せるように差し出してきた。

中身はよぉーく知っている。

華奢で美しいティアラ。小ぶりの石の付いたイヤリング。同じ石の付いた、繊細な細工のブローチ。そして国宝ネックレス。

だが何だか、ちょっとした違和感がある。

じっとそれらを見る私を、クリス様も無言で見守ってらっしゃる。

恐らく、私の第一印象の『違和感』は正解なのだろう。そしてクリス様は、私がそれに気付くのを待っているのだ。

暫く箱の中をじっと見て、思わず「あ、分かった」と口に出してしまった。私のその呟きに、クリス様が小さく笑われた。

「何が『分かった』のかな？」

「何かちょっとした違和感があったのですが……、その正体が分かりました」

「正体、とは？」

促すクリス様に、私は箱のど真ん中に収められているネックレスを指さした。

「この石です」

そう。私の『違和感』の正体は、他でもない例の国宝である宝石だ。

「これを最後に持ち出したのは、二年前のクリス様の生誕祝賀ですが……、あの時と、石の色が違っている……ような気が、します」

本当かどうかは分からない。二年前の記憶が、どこまで定かなのかも分かったものではない。けれど、この石はもう少し緑色をしていた気がするのだ。

ネックレスには、国宝の石以外にも、普通の宝石が使用されている。目録によると、確かペリドットだった筈。それらは薄い緑色だ。

国宝の石は、そのフツーのペリドットと大差ない色味だった……と思う。……そんなまじまじ見てないから、ちょっと自信ないけど。

国宝の石はペリドットに似てはいるのだが、よく見るととても不思議な色をした石なのだ。

ペリドットに近い薄い黄色がかった緑色なのだが、光の反射の仕方で緑にも青にも黄色にも見える、不思議な色味だ。

その石は、今は青味の強い緑色をしている。

絵具を混ぜる時に黄色をベースに青を足したような色をしていた筈なのだが、今は青をベースに黄色を足したような色合いをしているのだ。

「そうだね。大分、青味がかってきたね」

私の言葉を肯定すると、クリス様は箱をテーブルに置いた。

「この石は、色が変わるのですか……？」

こんなに短期間に色の変わる宝石？　そんなもん、あるのか？

クリス様は私の質問に軽く笑うと、軽く首を傾げられた。

「とりあえず、順を追おうか」

不思議な石を目の前に『はえー……』となっている私に、クリス様は悪戯が成功したとでも言いたげな、少し意地の悪い笑みを浮かべた。

この人、こんな顔もするのか……。そんで悪戯っ子な笑みがまた、めっちゃあざと可愛いわ……。

「セラは、この石が何故『国宝』と定められているかは、知っているかい？」

「神話に語られる『精霊より授かりし宝玉』だから、ですよね」

「そう。その通りだ」

ですよね。だって、そう習ったし。お妃教育で。

昔々、世界には四つの大国があった。

四つは互いに争い、世界の覇を競っていた。

沢山の血が流れ、大地は荒れ、それでもなお争い続ける人間に、神は大いに嘆いた。

そして神は、一人の精霊を地上に遣わした。

精霊は四人の王を集め、それぞれの望みを聞き、それぞれに相応しい宝物を授けた。

——的な神話があり、その『四人の王』の一人が、この国の始祖なのだそうだ。

まあ要はあれだね、『マーリンとエクスカリバー』とか、『三種の神器』とか、そういう類の話でそういう類の代物。

神話が本当かどうかなんて、どうだっていいのよ。不思議な力も、あってもなくてもどうでもいいのよ。現在は単純に、『王権』と同等くらいの意味のお品、って事よ。

……それをホイホイ簡単に他人に譲渡しようとするこの王族、マジでどうなってやがんだよ……。

「この石は、『願いを叶える力を持つ』といわれている」

らしいすね。確かに、そう習いました。

この世界には、『魔法』はない。神様だって居るのか居ないのか分かんないし、精霊なんて多分、ファンタジー世界の住人でしかないだろう。

要は、その辺りの扱いは地球と同じだ。

信じる人は信じているし、信じない人は鼻で笑う。日本において、三種の神器がオロチの体内から出てきた物だと信じている人は、何人いるだろうか。

この宝石もそういう扱いだ。

ただこの宝石は、不思議は不思議なのだ。

既存の貴石・宝石の類の、どれにも当て嵌まらない。全くの未知の石なのだ。

故に科学者は、「『精霊から授かった』とはつまり、『天から飛来した』物質なのでは？」と唱えている。要は隕石だとかの類だ。それが宙から飛来する様を『精霊に授かった』と喩えたのではないか、という説だ。因みに、この説が現在の最有力説だ。

まあ真相は、神のみぞ知る、というところだが。

もっと文明が発達すれば、いずれは放射年代測定などで来歴も分かるようになるのかもしれない。

……私が生きている内には、かないそうもないが。

人知の及ばぬ現象は『天狗の仕業』。ワケの分からん品物は『精霊の贈り物』。つまり、そういう事だ。

余談であるが、この国に『天狗』はいない。念の為。

「君は、この石に纏わる話を信じるかい？」

即答するなら、「否」だ。だが、キッパリと言っていいのだろうか。

「願いを云々に関しましては、懐疑的です。ただ、石自体は未知の物ですので、もしかしたら本当に精霊に授けられたものなのかもしれませんね」

まあ正直、『精霊』も百でナイと思ってるけど。これでも大分、神話に気を遣った答えのつもりだ。……どうすかね？　クリス様。

　私の答えに、クリス様は「そう」と頷かれると、テーブルに置いた箱を見るように視線を伏せた。

「私は逆で、『願いを叶える力』に関しては疑っていない。精霊が授けたという謂れは、少々どうだろうかと思っている」

　へえ。クリス様、意外とそういうファンタジーとか、お好きなのかしら。

　そう思っている私に、クリス様は視線を上げると微笑んだ。

「何故ならば、私はこの石に願いを叶えてもらった事があるからだ」

「……は？」

　ああ、いかん。『何言ってんだ、この人』っていう感情全開で「は？」っつっちゃった。

　お昼寝中のつやつや猫ちゃん、ちょっと戻っておいで。素が出過ぎると、不敬が過ぎるわ。

　けれどクリス様は、私のいっそ不敬な態度も気にされた風もなく、また石に視線を戻した。

「まあ、信じられない話とは思う。けれど一旦、『そういうもの』という前提で飲み込んで欲しい」

　一旦言葉を切ると、クリス様は小さく深呼吸をするように息を吐いた。

　そして私を真っ直ぐに見てきた。

「二十年前……、私はこの石に願ったんだ。『今度こそ間違えないから、やり直しをさせてくれ』と」

　二十年前……。現在二十歳のクリス様の二十年前なら、生まれたばかりだ。

でもこれはきっと、そういう話ではない。

「到底信じられない、荒唐無稽にも程がある話だと思う。けれど、私はしっかりと覚えている。夢のようなあやふやな記憶ではなく、しっかりと五感を伴った記憶として私の中にある」

「『やり直し』、とは……？」

訊ねた私に、クリス様は小さく笑った。それは、間違いようのないくらい、はっきりとした自嘲の笑みだった。

「私は、とんでもなく愚かな人間だった。私一人では正せぬ間違いを犯してしまった。背負いきれぬ罪を犯した。贖（あがな）えるのであれば、命くらい差し出しても構わないと思う程に」

……重てぇ。クリス様が淡々とお話しになられるから、余計に重てぇ。

「やり直せるのであれば、やり直したい。己の愚かであった行いを正せるならば、正したい。そして今度こそ間違えず、大切にすべきものを見誤らず、周囲に、己に恥じぬ人間となりたい。……そう、願った」

ファンタジックな『願いを叶えてくれる石』にかける願いにしては重いです、クリス様……。

「私のその身勝手な願いを石は聞き届けてくれ、……亡くなられた筈の父が、まだお身体を壊すことなくご存命であった。ご病気で身体を起こす事すらままならぬ母も、お元気で父に寄り添っていらした。そして、記憶では二十五歳であった筈の私も、その年齢よりも若くなっていた」

タイムリープ!?

ていうか、気になるとこあり過ぎて、どっから手を付けていいか分かんないレベル！

クリス様の中の人、二十五歳なの⁉　で、その頃には陛下は亡くなられてるの⁉　そんでもって、王妃殿下はご病気⁉

何なの⁉　巻き戻り前の世界、何が起こってんの⁉

「訳が分からないだろう？　私も当初は、到底信じられなかった」

恐らく『？？？』という顔をしていたであろう私に微笑むクリス様に、私は心の中で「いや、ワケ分からんという事は特にないです。ただ、巻き戻り前の状況が意味分かんな過ぎて困惑してるだけです」と反論した。

当然、口には出せないが。

『乙女ゲーム時空』というテンプレ世界観だ。タイムリープというテンプレ展開が起こったとて、不思議ではない。……いや、不思議だけども。

ていうか、その『巻き戻り』が本当だったとして、よ。

「……クリス様に起こったその現象は、本当にその石の力なのでしょうか……？」

クリス様は何の疑問もなくそう信じてらっしゃるようだけど。

「私はそうなのだと思っている。……私が『やり直す』直前、私はこの石を前に願ったんだ。やり直させてくれ……と」

「成程……」

不可思議な現象なのだから、それを引き起こすのは不可思議な石であっても不思議はない。……不思議だけども。

「やり直す前……、『前回』とでも言うのかな？　私はとても愚かな人間だった……」

クリス様は軽く俯くように視線を伏せ、とても静かな声で語り始めた。

・・・◆・・・

私は王家直系の唯一の男児として生を享けた。

非常に難産で、私を出産した際に母は、二度と子を望めぬ身体となってしまった。

それもあり、私はとても甘やかされて育った。

『甘やかされた』というのも、やり直した今になってそう思うだけで、当時は『唯一の王子なのだから、これくらいの対応は当然』と、完全に図に乗っていた。

そして、それを咎める者も居なかった。

何をしようが、周囲は叱りも怒りもしない。

他国から友好の証として贈られた花瓶を割ってしまっても、「殿下はお元気でいらっしゃいますね」と笑顔で言われるだけだ。

当然、こんな状況で、まともに育つ筈がない。

五歳になる頃には、立派な怪物に成長していた。

まだ幼いが故に世界は狭く、私の知る『世界』はこの城の中だけだ。けれどその『世界』には、私より上の立場の者など居ない。

両親は忙しく、私の世話は使用人に任せきりだった。両親は、使用人が私をそのように甘やかしていた事をご存知なかった。

私と両親は日常的に顔を合わせるような事が少なく、時折様子を見に来ていた両親の目には、私は天真爛漫（てんしんらんまん）で活発な子供に見えていたのだろう。

私に対する教育方針が変わる事はなかった。

甘やかされ、全ての行動を許容・肯定され……、出来上がったのは『この世に自分の思い通りにならぬものなどない』と思い上がった、肥大した自我を持つ化け物だった。

それに気付いた両親は、流石に慌てた。

それはそうだ。このままでは、この化け物が次代の王となってしまうのだ。

不遜で尊大で、己の要求であれば理不尽な我儘すら通ると信じて疑わない化け物。

誰が見ても、王の器など持ち合わせていない。

中身の空っぽな張りぼて。良からぬ連中が担ぎ上げるには最適だ。

利用しようとする連中が居らずとも、これをそのまま王位につけてしまっては国が荒れる。何故ならこの化け物は、『国家』というものをも『自分の思い通りになる玩具』程度にしか考えていないからだ。

両親は、私についていた使用人たちを、数人ずつゆっくりと入れ替えていった。一気に全員入れ替えては、幾ら私の頭が空っぽでも何か気付くだろうと。

思い通りにならぬ事が増え、使用人たちに当然の小言を言われるようにもなり、私はすっかり癇(かん)癪(しゃく)持ちの厄介な子供になっていた。

何事かあると、二言目には「俺は王子だぞ！」と喚き散らす。……その地位に見合ったものなど、何一つ身に付けていないというのに。

礼儀作法も、学問も、ともすれば一般常識すらも、「こんなもの必要ない」と避けて通っていたくせに。

学もなく、品性も下劣な子供を、誰が尊重しようなどと思うだろうか。

それでも使用人たちは、表面上は穏やかに、辛抱強く職務にあたってくれていた。内心はどうあれ、彼らは私に笑顔で接してくれていた。

もっとも、愚かな私は「こいつらは俺の味方じゃない」などと思っていたのだが。

我儘で癇癪持ちの私をなんとかしようと、父が数人の子供を集めてくれた。

友人が出来れば、私も少しはマシになるのではないかと期待して。周囲の子らから、良い方向へ感化される事があるのではないかと期待して。

……初めに言うと、父の目論見は外れる事になるのだが。

集められたのは、同い年の少年少女らが五人。皆それぞれ、優秀であると名高い子らだ。

エヴァンス公爵令息、ハーヴィー侯爵令息、ローマン子爵令息の三人の少年。マローン公爵令嬢、そして――

◆

「――カムデン侯爵令嬢の二人の少女。その五人が、厄介な化け物のお守り役に選ばれた」

こちらを見て言うクリス様に、私は思わず「それは、私……ですか？」と訊ねてしまった。『カムデン侯爵家』という家は、我が家以外に存在しない。そしてその家の娘は私一人だ。

クリス様の挙げた五人の内、四人は私も知っている。

ご令息のお三方は、現在クリス様の側近となられている方々だ。クリス様の側近は、プラスしてウチの性悪兄で全員。

マローン公爵令嬢も、女性ながらにクリス様の下で働いている。切れ者として有名な方で、めっちゃくちゃ美人だ。……ちょっと、気の強さがお顔に出てらっしゃるけども。

あの公爵令嬢と常にご一緒に居られるのに、何故こんなちんちくりんを婚約者に⁉　と言われていた事を、私はしっかり知っている。ついでに、私もそう思っていた。

が、兄曰く、公爵令嬢様はものごっつ『おかん気質』な方らしい。政策の方向性が決まらずウダウダする男性連中の尻を、「ウダウダしないで、シャキッと決める！　決めたら動く！　ホラ、早く‼」とべっしべっし叩きまくってくれるらしい。

「フェリシア嬢が一番『男らしい』な……」と、兄が遠い目で言っていた。……美人でナイスバデーであっても、恋愛に発展しないのが手に取るように分かる……。

ついでに私はそのフェリシア・マローン様から、「ご安心なさいませね？　わたくし、線の細い男性は好みではありませんの」と言われている。

クリス様はまさに、線の細い、繊細な美貌の美人だ。

どうやらおかんの好みは『気風の良い、スカッとした性格の筋肉』らしい。パワー！

その四人と、プラスして私？　クリス様の側近に収まっている四人は、クリス様と同い年でいらっしゃる筈だ。そこに、何故、七つも年下の私？　……あ、『七つ下』じゃないのか。クリス様、『同い年の少年少女』って言ったもんな。て事は、私（と思しき存在）も、クリス様と同い年なのか。

「間違いなく君だよ、セラ。引き合わされた私に、君はとても綺麗に礼の姿勢を取って『カムデン侯爵が娘、セラフィーナと申します』と挨拶をしてくれた。……私には、それに見合う返礼など、出来なかったけれど」

最後の一言を、クリス様は吐き捨てるように仰った。

過去の自分を語っているというのに、クリス様の口調はずっと、『嫌い蔑む相手を語る』かのように刺々しい。選ぶ言葉も、卑下するなどという可愛らしいものですらない。嫌悪感丸出しだ。

「私は目の前で綺麗に礼をする少女を見て、すっかり心を奪われてしまった」

クリス様にとっては良い思い出なのだろうか。珍しく笑顔だ。……と思ったら、その笑顔は一瞬で曇った。

「先程も言ったが、私は『自我の肥大した化け物』だ。『この世の全ては自分の思い通りになる』と信じて疑わぬ愚か者だ。目の前に居る『侯爵家のご令嬢』という存在をも、自分の思い通りに出来ると信じ切っていた」

クリス様がご自身を語る口調が痛い。

とても忌々し気に、吐き捨てるように言葉を紡ぐのだ。ご自身の事であるというのに……。

「私はその愛らしいご令嬢を、勝手に『自分のもの』と決めた。この化け物は、『自分以外の人間にも意思がある』という事すら知らなかった」

……アカン予感がするぜ……。

クリス様の語る『セラフィーナ・カムデン侯爵令嬢』が真実、私だとするならば、アカン展開になる予感しかしないぜ……。

「私は侯爵令嬢の手を取ると、力任せにその手を引いた。その場に居た全員が驚いた顔をしていたが、礼儀も何も知らぬ化け物には、そんな事は分からない。令嬢の手を引き……『お前は今から俺のものだ』と……」

クリス様が項垂れ、お顔を両手で覆ってしまわれた……。

……心中、お察しいたします……。

そして前回のクリス様、スリーアウトです。

乱暴に手を引く、でワンアウト。初対面での『お前』呼びでツーアウト。もの扱いでスリーアウト。

チェンジだ、チェンジー！　こんなクソガキ、相手してられっかー！

……そして、お顔を手で覆って項垂れるクリス様が、復活なさらない……。

今のジェントルなクリス様からしたら、本っ当ーにあり得ない言動ですもんね……。黒歴史もいいとこですよね……。

「……クリス様、お茶、飲まれますか……？」

「いや……、大丈夫。有難う。……申し訳ない……。余りに……恥ずかしくて……」

お察しします。

言うなれば今の状況は、他人の前で『黒歴史ノート』を音読しているようなものだ。それは恥ずか死ねる。

余計な慰めなんかは、逆に心に痛かったりするものだ。そっとしておこう。

私がのんびりと小ぶりのスコーンを一つ食べ終える頃、クリス様は漸く復活された。心なしか、お顔がげっそりされている。

クリス様はお茶を一口飲み、深い深い溜息をつかれた。

「まあとりあえず、私は君に、そういう馬鹿げた言葉を投げかけたんだ」

はい。何だかザックリですが。もう一度あのセリフを繰り返せ、とは、酷過ぎて言えませんわ。

「その馬鹿げた言葉に、君は思い切り『……は⁉』と言ってきた」

へーイ！　アカン予感、的中ー！

クリス様はけれど、楽しそうにくすくすと笑っている。

「まるで虫を見るような目でこちらを見て、にこりともせずにね」

おい、セラフィーナ！　猫ちゃん！　つやつやの猫ちゃん忘れてるって！『虫を見る目』ったら、相当だぞ⁉　何故なら、私はこの世で虫が一番嫌いだからだ！　……あいつら、意思の疎通が絶対に不可能そうじゃん。めっちゃキッショいじゃん……。クモなどの益虫はギリ我慢できるが、益も害もない連中や害虫などは論外だ。

あと多分、クリス様の仰った『……は⁉』って、正確には『……は⁉（威圧）』ですよね……。

今度は私が穴掘って埋まりたい気持ちになってしまった。

いや、今の私にそんな記憶はないんだけども！　……でも、その状況なら、絶対やってる。確信できる。

「誰かにそんな態度を取られるのは、初めてだった。初めて『もしかして、自分は好かれていないのか？』と感じた。……もしかしても何も、当時の私を愛してくれていたのは、両親くらいのものだっただろうに」

◆

集められた五人は、本当にとても優秀な子らだった。

優秀ゆえに、彼らは私を見限るのも早かった。

引き合わされて一年経つ頃には、公爵令息と子爵令息の二人から、これ以上付き合いきれないと私のお守り役を辞退された。一年経っても、私の態度に改善が見られなかったからだ。

私はというと、その二人が居なくなったことに安堵していた。公爵令息は礼儀作法に煩いし、子爵令息は私に学がない事を突き付けてくるからだ。

その二人が私の側を離れたのは間違いなく彼らの意思であるのだが、愚かな私は「私に楯突くからそうなるのだ」と勝ち誇っていた。

口煩く言うのは、改善の見込みがあるのではないかと期待するからだ。それが改善されたならば、良い人物であるのに……と思うからだ。

けれど当時の私には、それら忠言は「私を否定しようとする行い」と感じられた。ただただ煩く、鬱陶しく、邪魔なものと。

一年間。

彼らは根気よく何度も同じ小言を繰り返し、やがて諦めた。

私は、喧しい羽虫が居なくなった、と。清々する思いですらあった。

……その『喧しい羽虫』をこそ、本来は大切にせねばならないのに。

まともに話も通じないような愚物に、それでも真っ直ぐに目を見て、とても『当たり前』の小言を根気よく繰り返してくれたのに。

それをただ、雑音としか感じられていなかった。


残った三人も、当然、私を尊重などしていなかった。

侯爵令息とセラフィーナは、同じ『侯爵』という地位で、領地の規模も似通っていた。なので互いに、とても話が合ったようだ。個人的に会って話をする……というのが難しい立場であるので、『私のお守り役』という共通の言い訳が有難かったらしい。城へ来ても、ずっと二人で領地経営などについて意見を交わし合っていた。

公爵令嬢は、自分が『化け物のお守り役』を降りると、セラフィーナが唯一の女子となってしまう事を心配していたようだ。

彼女は女性にしては硬質な美貌で、作法などもとてもきっちり型に則っている為、一見すると「冷たい」という印象を持たれがちだ。けれど実情は、とても愛情深く、自分より下の者を放っておけず、思わず口を出してしまうし手も足も出る……という、まるで下町の母親のような女性だ。

そんな彼女からしたら、自分より立場が弱く、且つ私に気に入られ目を付けられているセラフィーナを、一人で放っておくという事はあり得ない事態だったのだろう。

セラフィーナもそんな彼女を慕っていたし、二人はとても良い友人であったようだ。

•••◆•••

「そういえば……、セラフィーナが時折、公爵令嬢を『おかん』と呼んでいたのだけれど……」

ぅおぉーーい、セラフィーナ‼　猫‼　猫ちゃん、どこまで遠出させてんだよ！

どういう意味？　と訊ねるクリス様に、私は「さあ……？『今』の私には、さっぱり……」と誤魔化しておいた。

ちなみに、クリス様の言う『おかん』とは、当然日本語ではない。この国のごく少数が使用する方言で、関西弁に似た雰囲気の言葉があるのだ。……しかも、よりによってのそのフェリシア様のお家のマローン公爵家が所有する領地に。

……フェリシア様と私、多分、ホントに仲良かったんだろーなぁ……。

ていうか『前回』の私、ちょっと猫ちゃん放置しすぎじゃね……？　ちょいちょい冷や汗出るわ……。

◆

更に二年経つ頃には、侯爵令息も居なくなった。

彼と公爵令嬢がいつも、私からセラフィーナを庇うように遠ざけているのを、私は知っていた。

なので私は、これでまた邪魔な羽虫が一匹減った……と喜んでいた。

まあ、最も手強い『おかん』が残っていたが。


私は何とかセラフィーナの気を引こうと色々したのだが、『他人の気持ち』など露ほども分からぬ化け物だ。当然、上手くなどいく筈がなかった。

それどころか、私が何かする度、セラフィーナの私を見る目が冷たくなっていった。

それもそうだ。

私のした事といえば、彼女の腕を引いて強引に連れまわす事や、こちらを見てほしくて髪を乱暴に引っ張る事などばかりなのだから。

好かれる要素どころか、嫌われる要素しかない。

それでも恐らくは、私の父か誰かに言われていたのだろう。セラフィーナは月に一度程度は、必ず城を訪れてくれた。

けれどそれも、十歳の頃に終わりを告げた。

セラフィーナが遠方の学術院へ留学する事となったからだ。

その学術院は入学審査が厳しい事で有名なので、恐らくは公爵令嬢の口利きもあったのだろう。公爵令嬢と共に、二年間留学するのだ、と。

その話を聞かされた私は、瞬間的に頭に血が上ってしまった。

何を勝手にそんな事を決めているのか、と。お前はずっとここに居るんだ、と。

そういった事を喚き散らし、それでも目の前のセラフィーナの態度が変わらないのを見て、私はテーブルの上にあったポットに手を伸ばした。

……何故、ポットを手に取ったかというと、ただそれが目に入ったからだ。

その中身が熱いお茶であるだとか、そもそもポットそのものにもそれなりの重量があるだとか、陶製のポットは割れたら危険であるだとか、そういった当たり前の事になど、何一つ気付きもせずに。

ただただ、感情に任せ、そのポットをセラフィーナに向けて放（ほう）った。

私の放ったポットはけれど、セラフィーナを傷付ける事はなかった。

私の癇癪が発動してからずっと、侍女たちが私の動向に気を配ってくれていたからだ。

一人の侍女が、セラフィーナの身体を抱きとめるようにして、身を呈して彼女を庇った。ポットはその侍女の背に当たり、侍女は苦痛の悲鳴を上げていた。

それはそうだ。

侍女たちの仕事は現在と変わらず誠実で完璧なもので、ポットの中身は充分に熱いお茶で満たされていたのだ。たっぷり入っていたお茶は彼女の背を濡らし、ポットが当たった際には重く鈍い音を立ててもいた。

さぞ熱かっただろうし、痛かった事だろう。悲鳴くらい上げても無理はない。

だが私は、その侍女を忌々しい思いで眺めていたのだ。

セラフィーナに当ててやろうと思っていたのに、余計な事を……と。

その侍女は、セラフィーナや公爵令嬢、そしてその場に居た他の侍女たちによる対処が良く、大した怪我をせずに済んだらしい。火傷も広範囲ではあったが軽いもので済んだらしく、痕なども残らなかったと聞いた。

それを聞かされても何の感慨もなかった私は、本当に『化け物』だ。安堵もなければ、罪悪感すら微塵もなかったのだから。

その侍女を医局へ連れていくから、と、セラフィーナと公爵令嬢もその場を辞していった。

その際。

歩き出していたセラフィーナが、一度だけ私をちらと振り向いた。心底侮蔑しているような目をして。

そして、特に何かを言う事もなく、さっさと歩き去ってしまった。

その一月後、セラフィーナと公爵令嬢は、遠く離れた他国へと行ってしまった。


セラフィーナと公爵令嬢が留学から戻ってきたのは、私たちが十三歳となった年だった。

留学から戻った彼女たちは、義理堅くも私に帰国の挨拶をしてくれた。

その留学の直前に私が何をしてしまったか、当然の如く私は覚えてなどいなかった。なので、これでまた月に一度程度はセラフィーナに会える、と思っていた。

二年も時間があったのだ。

セラフィーナも公爵令嬢も、二人とも美しく成長していた。私は身体だけは育ったが、中身はさっぱりだった。

侍女に火傷を負わせて以降、女性の使用人は全員、私の世話係を外された。女性に怪我があってはならないという理由と、いざという時に非力な女性では私を取り押さえられないという理由からだ。

それに伴い、私に最も口煩く小言を言っていた古参の侍女も居なくなった。

誰が漏らしたものか、私が侍女に暴力を働いたという話は、城の中では有名になっていた。

人伝に聞いた者たちは皆、あの王子なら然もありなんと、ちらとも疑いもしなかった。

そんな私に、大切な息子や娘を近付けたい親は居ない。

当時の私は、周囲に一人の友も居ない状態だった。遊び相手も居ない。なので、セラフィーナが帰ってくるのを待っていたのだ。

その私に帰還の報告をし、「もう一つ、ご報告があります」とセラフィーナは静かな声で言った。

「あちらの国の男性と、婚約をいたしました。ですので、一旦戻ってまいりましたが、またすぐにあちらへと帰ります」

7．『化け物』であった私を、君はどう思うのだろうか。

「婚約……」

え⁉　前回の私、どうなってんの⁉

クリス様の仰る『学術院』は、恐らくあそこだろうな、という場所は分かる。この国からだと、馬車でごとごと二週間程度かかる距離にある国だ。この世界での最先端の学問と、研究施設がある場所だ。

私が興味を持っても不思議はない。何なら、今もちょっと興味はある。行けるもんなら、行ってみたい。

「誰と……ですか？」

訊ねると、クリス様は小さく笑った。

「今の君に名を告げたところで、恐らく分からないのではないかな」

まあ確かに、他国の王族クラスならともかく、一貴族でさらにその令息とか、そこまでは分からない。

だが、クリス様が「分からないのでは」と仰ったのは、そんな理由ではなかった。

「君が婚約者と定めた相手は、王侯貴族などではなく、平民の学者の卵の青年だったからね」

まじすか。

私は中身が階級制度に縁のない日本人なおかげで、口が裂けても「まあ！　平民なんて汚らわしい！」などとは言えない。口が裂けたら「ねぇ、ワタシ、綺麗……？」とかは言うと思う。日本人なので。

高位の貴族の娘ではあるが、自身に『高貴なる青い血』などが流れているとも思えない。そういった選民思想がどのような結果を招くか、それは地球の歴史が証明してくれている。

クリス様のお話しになる『前回のセラフィーナ・カムデン』は、間違いなく私だ。中身が地球産の、この私だ。

婚約者に平民の学者の卵を選んでも、何の不思議もない。むしろ貴族より馬が合いそうだ。

……多分、話がめっちゃ合ったんだろうなぁ……。ちょっと会ってみたいなぁ……。何の研究してる人なんだろ。

「『前回』、セラフィーナがそう言ってきたのが、『今日』だった。十三歳の、冬だ」

今日……。

それはもしかして――

「だからクリス様は、今、私にこのお話をされてるんですか……？」

訊ねると、クリス様は私から視線を外し、軽く俯くように目を伏せ笑った。また、自嘲するような笑いだ。

「君に全て話して愛想を尽かされるなら、今日が一番うってつけなのではないかな……と思ってね」

全力で後ろ向きィ！　いや、確かに前回のクリス様、色々諸々ヒド過ぎるしありえねぇけども！

「前回の今日、セラフィーナは私に婚約の報告をして……、それ以降、二度と私の前に姿を現す事はなかった」

◆

セラフィーナが居なくなり、公爵令嬢も当然のように登城しなくなった。そもそも彼女は、セラフィーナを心配して付き添っていただけだ。セラフィーナが居なければ、彼女が登城する必要などどこにもない。

周囲に本当に誰も居なくなってしまった私は、暫く何もする気が起きずにぼんやりしていた。ただ無為に時間を浪費するなど、本来であれば褒められた行動ではない。

けれど私の場合、普段が普段であっただけに、「王子が大人しくて有難い」と思われていたようだ。

何故、セラフィーナは私を選ばないのだろう。たかだか平民の、しかも『学者の卵』などという現状何者ですらない者を、何故彼女は選んだのだろう。

私には地位もあり、財もある。

私を選んだ方が、絶対に幸せである筈なのに。

……そこで、己を省みる事をすれば良いのに、そんな発想にすらならないのが前回の私だ。『彼にあって、私にないものとは』などとは、間違っても考えない。『私にはこれだけのものがあり、向こうには何もない』としか考えない。

向上心も、克己心もない。

ないものだらけというのに、それに気付くだけの能もない。

そんな私の出した結論は、『セラフィーナは愚かなのだな』だった。当然、愚かであるのは私の方だ。

けれど、世界の中心が自分自身であると信じて疑わぬ化け物には、そんな事は分からない。

愚かで哀れなセラフィーナ。ここに居れば、どんな望みも叶っただろうに。

そう考え、私はセラフィーナを忘れる事にした。

……セラフィーナの『望み』が、この『誰にも御し得ぬ化け物』から離れる事であるとすら、気付く事なく。

自尊心だけ一人前で、それ以外は人にも満たない化け物であっても、『王子』という地位だけは本物だ。

水面下での様々なやり取りの末、私は立太子される事となった。

『王とは何たるか』を知らぬ化け物であったが、直系の男児というのが私以外に居ない。選択肢がそもそも少なかったのだ。

そして、『私を推す勢力』というものもあった。……それは、後に気付く事になるのだが。

この化け物を王位に就けたとして、先は『傀儡王』か『暴君』だ。転ぶとするなら、前者の方がマシだ。

背後で操る者が操作を誤らねば、傀儡であっても名君たり得る可能性もあるからだ。……歴史から見るに、操者が傀儡を名君に押し上げるというのは絶望的な可能性であるが。

それでも、私が立太子される事になった当時、私の後見についてくれていたのは、正しい判断の出来る者たちであったのだ。


周囲からすっかり人が去って以来、私はほんの少々だが大人しくなった。

癇癪を起こして当たり散らす、という行為に飽きただけだ。それをする労力を『面倒くさい』と感じるようになっていただけだ。

まあ、私の心情はともかく、周囲にとってそれは有難い変化であっただろう。

多少大人しくなった私を、周囲は「あの王子も少しはまともになったのではないか」と評価した。

残念だが、それは見当違いも甚だしいと言わざるを得なかったが。

暴れたりしなくなっただけで、中身は何も変わっていないのだ。

相変わらず、世界の中心は自分自身であり、やりたい事だけをやり、やりたくない事には目も向けない。自分の思い通りにならぬものなどないし、もしあったとしたら、そんなものは『自分の世界』には必要ない。

傲慢で尊大で不遜な化け物は、行いこそ少々人らしくなったが、それ以外はやはり化け物だった。


少々行動に落ち着きが出てきたからと、私は社交の場に出されるようになった。いずれ王となるならば、社交は避けては通れない重要な仕事だからだ。

しかし当然、私を一人でそんな場に放り込んだりしない。いつでも私を取り押さえられるよう、騎士が常に側に居たし、監視役も数人用意されていた。

酷い癇癪持ちであった私はそれまで、父に紹介されたあの五名の子ら以外に、自分と歳の近い少年少女らを見た事もなかった。

社交の場に出て初めて、あの五名以外の子らを見た。

茶会や夜会だ。当然、少年少女は美しく着飾っている。

それらを眺め、己の衣装や装飾が一番美しい事に満足していた。……考えるまでもなく、当然の事なのだが。その場で最も地位の高い『王太子』より上に立つなど、常識ある者ならやる筈がない。

しかしその常識すらない化け物は、「ほらな。やはり俺が最も高貴で、偉大なのだ」と訳の分からない勘違いをするのだ。

そして残念なことに、その化け物は、一見して『化け物』と思えぬ見目をしていた。

両親が揃って端正な見目をした方だからであろう。化け物は、その中身に似つかわしくない、とても端正な皮を被っていた。

●●●◆●●●

「『今』のクリス様と、見た目に何らかの違いなどがあるのですか？」

訊ねると、クリス様はご自身の長めの前髪を指先で摘まむように引っ張った。

「今の方が、少し髪が長いかもしれないね。……他は特に、違いはないかな」

確かに、マンガのクリス様は、ツーブロックっぽい短髪だった。「中世ツーブロ王子……」と、ちょっとした違和感を持っていたものだ。いや、絵はキレイだったけども。

マンガならツーブロ王子も『違和感ある』程度で流せるが、現実だったらけっこうツラい。あれは貴族の髪型ではない。

今目の前に居るクリス様は、後ろ髪が襟に届く程度に長い。前髪もきちんと整えてらっしゃるが、耳の下程度の長さがある。

個人的には、ツーブロより似合ってると思う。

繊細系美人、長髪似合うじゃん⁉ 異論？ 知らねぇな！

「髪、伸ばしてらっしゃるんですか？」

時折、襟足を一つに纏めている事もある。それもそれで良い。

「伸ばしているという訳ではないかな。……なかなか、散髪にあてる時間が取れなくてね。こうして纏めておけば何とか見られるようにはなるから、今のところそれでいいかな……と」

何とかどころか、超お似合いですけど⁉

「それに……、余り短くすると、『前回』を思い出してしまって……」

虚ろな笑顔でどんどん項垂れてしまうクリス様。

この人、黒歴史と地雷多すぎて、生きるの大変そう……。

◆

それまで私が関わった事のある同年代の子らというのは、何度も言うがあの五名だけだった。

そして彼らは一様に、私の『外見』になど、毛ほどの興味も示さなかった。

確かに彼らは優秀で聡明だ。一見麗しい外見になど興味を持たず、私の醜怪（しゅうかい）な中身だけをしっかりと見て、きちんと見限って去っていったのだから。

けれど当然ながら、皆が皆、彼らのようである訳がない。

外側の美醜にしか関心を示さぬ者も居る。まあそれは個人の価値観の問題だ。良いとも悪いとも言わない。相容れぬ人種ではあるが。

とにかく、私の外見は、そういう人々の興味を惹いた。

私の『外側』だけを見て持ち上げてくる人々に、私は「やはり己は特別なのだ」と満足していた。


癇癪を起こすことが少なくなり、日々は見かけ上、平穏に過ぎていった。

そして、私の十八歳の誕生記念の宴の日になった。

私は当日、なるべく口を開くな、と言われていた。

まあ、それはそうだろう。立ち居振る舞いも粗野ならば、言葉遣いも乱暴なのだ。最上段に座らせ、祝辞を述べてくる人々にただ頷かせるくらいしか出来ない。それ以上を求めては、ボロが出る。

「殿下のお声は特別なのです。下々の者に簡単に聞かせる訳には参りません」などと、今考えると『何だその馬鹿げた理屈は』となってしまう言葉に、当時の私は「確かにその通りだ」と納得した。

後見についてくれた者たちは、流石に私の『操り方』を良く心得ていた。

けれど、ただ座って時折頷いてみせるだけの会が楽しい筈もなく。

私は休憩と称してその場を抜け出した。

宴の間、私には常に見張りがついていた。けれど、意図したものではなかったのだが、見張りとはぐれてしまった。

恐らく、私があまりに無秩序に動くので、騎士たちが私の動きを把握しきれなかったのだろう。

私は「またあの場に戻らねばならんのだろうか。このまま自室へ帰って寝てしまおうか」などと考えながら、城の中を奥へと向かって歩いていた。


奥へと向かう通路だ。

本来であれば、誘導の騎士が居る筈だ。だが、そんな者は居なかった。

……まあその『本来』の騎士の配置なども、当時は分かっていなかったのだが。後に、そのとんでもない違和感に気付く事になる。

今日はもう寝てしまおう、と自室へと向かう途中だ。

城の深部。通常であれば王族くらいしか足を踏み入れぬ庭に、一人の女性が立っていた。

侍女や城勤めの女性であれば、居てもおかしくないだろう。けれどそこに居たのは、美しいドレスを纏った女性だったのだ。

明らかな不審者であるというのに、常識もない化け物はそのような事は気にしない。

何をしている、と声をかけると、女性は「迷ってしまって……」と答えた。

大広間はどちらでしょうか？　と問う女性に、私は呆れると同時に不思議な感覚を覚えていた。

心の機微に疎い化け物には分からなかったが、『嬉しかった』のだ。

それまでの私に投げかけられる言葉といえば、殆どが小言だ。もしくは、私を宥めすかす為の、中身のない空虚な巧言令色だ。彼女の発した言葉は、そのどちらでもなかった。

広間はどっちか、と問うただけに過ぎない。

けれどその言葉は私の中でおかしな翻訳をされ、『この女は俺が居なければ広間へすら行けない』という意味になっていた。

つまり、彼女が今頼れるのは自分だけだ、と。

……何がどうしてそうなったのか、我が事ながらまるで分からないが。

自分しか頼る者のない哀れな女に、少々の情でもかけてやろう。今となっては全く理解できない思考だが私はそう思い、「こっちだ」と彼女を先導して歩きだした。

広間の入り口が見える場所まで戻ると、あの広間にまた入るのが億劫で仕方なくなり、「後は一人で行けるだろう」と彼女を放り出した。

その時は名を問う事すらしなかった。常識すらない化け物には、危機管理意識などあろう筈がないからだ。

私はただ、面倒くさい連中に見つかる前に自室へ戻ってしまわねば……としか、考えていなかった。

なんてこった……。あったよ、乙女ゲーム展開……！

乙女ゲーム展開は、本当にあったんだ……‼　私の記憶は嘘つきじゃなかった……‼

ただ展開こそそのままだが、マンガとは大分印象が違う。

マンガは当然、主人公であるヒロインちゃんの心情に沿う描き方なので、クリス様の心情なんかは分からないからだ。

クリス様のお話はなんというか、甘さがないというか、「いや、そうはならんやろ！」の連続というか……。

そうかぁ……。乙女ゲームの『俺様』、大分マイルドに希釈した上で、オブラートに包みまくった表現だったのかぁ……。

それとも、『ヒロインちゃん視点』だと、クリス様は『頼れるカッコいい王子様』に見えてたのかな？　……あんなんだけど。

クリス様のお話を聞く限り、前回のクリス様は『俺様』などという可愛らしいものではない。

本当に、常識すら通用しない『化け物』だ。

「私たちの婚約披露のパーティーの打ち合わせの際、君が私に訊ねてきたね。『もしも、城の深部に迷ったと言うだけの侵入者が居たらどうするか』と。……覚えてる？」

当然、覚えている。その質問をしたのも、乙女ゲームの『出会い』が不自然過ぎて気になったからだ。そして、今のクリス様が、前回のクリス様のように簡単に侵入者を見逃したら怖いなと思ったからだ。

頷いた私に、クリス様は苦笑するように笑った。

「それを問われた時、とても驚いた。かつて私がその選択を誤った事を、もしかして君は知っているのだろうか、と」

「驚いていらした……の、ですか……？」

そうは見えなかったけれど。

「感情を表情に出さぬよう教育を受けるからね。君に隠せていたのなら、中々の成果だ」

ふふっ、と、クリス様は全く隠そうともせず、嬉しそうに笑われた。

マンガを読んでいた時確かに、「感情的な王族（しかも王太子）ってイヤだなぁ……」と思っていた。そして前回のクリス様は多分、マンガで読んでいた以上にアレな感じの人だったのだろう。

そう思うと、今のクリス様、どんだけ努力してきたの⁉　と驚く思いしかない。

それら努力自体は、何も特別な事ではない。王族であれば誰しもが受ける教育なのだし、高位の貴族だって似たような教育は受ける。

けれどクリス様の場合、マイナスもマイナスからのスタートだ。ゼロからのスタートより分が悪い。

今、私の隣でとても優雅な所作でお茶を飲んでいらっしゃるけれど、それを身に付けるまでにどれ程の努力をしてきたのだろうか。

あともう一つ、気になる事がある。

「クリス様」

「うん？」

カップをテーブルに戻しつつ、クリス様はこちらを見て軽く首を傾げた。……だから、あざと可愛いな、それ！

「その庭園に迷い込んでいたというご令嬢ですが……、名は、なんと？」

訊ねると、クリス様はふっと小さく笑われた。

「君の知らないご令嬢だよ。……フィオリーナ。フィオリーナ・シュターデン伯爵令嬢。それが彼女の名前だ」

フィオリーナ‼

そうそう！　そうだよ！　何で家名がドイツ語で、ファーストネームがイタリア語だよ！　って思ったんだよ！　チグハグ感、すげぇな！　とかって。

あー……。でもこれで確定だ。

どれくらいゲームやマンガに忠実かは分からないけれど、『前回』はちゃんと乙女ゲーム（王太子ルート）だったんだ……。

私、やっぱり関係ないけど。クリス様によれば、私もう、その頃この国に居ないし。

「シュターデン伯爵家という家自体がもうないから、君が覚えておく必要のない名前だけどね」

そっすね……。伯爵家、処刑されましたもんね……。

そんでクリス様、『選択を誤った』って仰いましたね。乙ゲー的には、正解な選択肢なんですけども……。

●●●◆●●●

フィオリーナ・シュターデン。

後から思い返せば、不自然な事だらけの令嬢だった。

シュターデン伯爵家というどこかキナ臭い家に、私と出会うほんの数か月前に養子に入った娘だ。十数年前に出奔した当主の兄の子、という触れ込みだった。

後に調べて分かったのだが、シュターデンの現当主には事実、兄が存在した。けれどその兄は対外的に『ある日失踪した』という事になっていたものの、実際はその失踪したとされる頃に殺害されていた事が分かった。

フィオリーナは、その当主の兄と市井の女性との間の子、という事になっていた。

殺された兄には、実際に市井に愛する女性が居たらしい。けれど二人は清い間柄で、間違っても子が出来るような事はなかったようだ。それに、フィオリーナの亡くなった母という女性は、当主の兄が愛したとされる女性とは全くの別人だった。

つまり、あのフィオリーナという娘は、シュターデン家とは全く縁もゆかりもない、ただの一平民だ。

シュターデン家が見出し、拾い上げ、……ただの捨て駒として利用された。

それだけの、哀れな被害者だ。


これらも後に調べて分かった事なのだが、シュターデン家というのは、ある宗教の盲信的な信者だ。……狂信者、と言ってもいい。

その宗教の聖典には、例の『願いを叶える精霊の石』が、とても重要な役割を持って描かれている。

彼らの目的は、その石を『取り返し』、彼らの祖国へと持ち帰る事だった。

『取り返す』も何も、この石は千年以上前からこの国にある。精霊から授けられたとされているのも、この国の始祖だ。

けれど彼らの聖典では、そうは謳わない。

神に愛され、精霊に愛された彼らの祖こそが、精霊からの愛の証としてあの石を貰ったのだと。

そう信じて疑っていない。

……まあ、私にも、どちらが正しいのかなど分からないが。

●●●◆●●●

「この石にはどうも、所有者を守護するような力もあるらしい」

「え⁉　そうなんですか⁉」

すげぇな、精霊の石！　願いを叶えてくれる上に、守ってまでくれるとか！

驚いている私に、クリス様はとても優しく微笑んだ。

「そう。……だからこそ、君に渡したんだ。不甲斐ない私の代わりに、君を守ってくれるといいな……と思って」

そういうクリス様の笑顔が、とても優しくて。見惚れる程に綺麗で。そんな状況でないのは承知なのだけれども、何だかドキドキしてしまった。

それと——

「クリス様は、きちんと守ってくださってますよ」

「いつ？」

本当に『心当たりがない』という風に、クリス様は不思議そうなお顔をされた。

「色んなお茶会や、夜会なんかで……。私に向かう様々な悪意から、いつも、守ってくださいます」

何といっても私は、このド美人の隣に並ぶに相応しくないちんちくりんだ。

選ばれたのはクリス様なのだが、この『七つ』という歳の差のおかげで、クリス様の評判を落としているところもある。

『クリス様のお隣』という座に、様々な意味で色気を持つ人々からしたら、私など格好の攻撃対象でしかない。

しかも私は可憐な女児だ。突けばすぐ泣きそう、とか思われているのだろう。泣いてやってもいいが、私の涙は安くないぜ？　レディ。

そういった悪意から、クリス様はいつも、ご自身が矢面に立たれる形で庇って下さる。

しかも、この婚約はクリス様から申し出た事、私はそれを受領した立場である事、そしてクリス様は私を大切に想っている事などを、誰が聞いてもキッチリ理解できる形で会話に盛り込んで下さる。

おかげで、婚約成立から七年経った今では、私に突っかかってくる人は居ない。

ついでに、クリス様に言い寄るご令嬢も居ない。

私たちに構う暇があるなら他の事するわ、という、前向きで建設的なご令嬢が多いようだ。逞しくて好感が持てる。

「クリス様のおかげで、とても過ごしやすくなりました」

撃退自体は私でも出来るけれど、多分私がやると余計な反感を買う。クリス様のようにただ穏やかな笑顔で諭すように話せれば良いのだろうが、私は恐らく好戦的な笑みで挑むように話してしまうだろうから。

「少しでも君の為に何かできていたのだとしたら、それは嬉しいな」

はにかんだようなクリス様の笑みが眩しくて、心臓がいったい‼　この人の戦技『笑顔』、火力高ぇよ！

◆

例の石を取り返す為、シュターデン家はずっと機会を窺っていた。

彼らの爵位は伯爵であるものの、移民であるので家格は高くない。故に、城の深部までは彼らは入る事が出来ない。侵入しようにも、職務に忠実な騎士たちがそれを許さない。

下手を打って捕まってしまっては元も子もない。

だから彼らは、ただじっと、いずれ来るであろう好機を待った。

そして、それがようやっと巡ってきた。

担ぎ上げるのに丁度よい、中身のない王太子の誕生だ。しかもそれまでの評判が悪すぎて、十八になっても婚約者すら決まっていない。

背後に居る者たちは厄介ではあるが、ここまで百年待てたのだ。もう数年程度、どうという事もない。時間をかけ、ゆっくり排除していけば良いのだ。

自分たちが直接近付くより、もっと警戒され辛い者を使おう。

そこから、シュターデン家は私と歳の近い子供を探し始めた。男児であれば友人として、女児であれば恋人として、化け物の側に常に侍る事の出来る相手を。

条件は、私と歳が近い事。髪か瞳の色が、シュターデンの当主の兄に似ている事。賢すぎない事。見目が良い事。

それら条件に見事に当て嵌まったのが、フィオリーナだ。

私の一つ年下で、シュターデンの家の者と良く似た髪色に目の色を持ち、寒村の平民であるが故に教育も受けておらず、とても愛らしい顔立ちの素直な少女。

フィオリーナは、母が亡くなり途方に暮れていたところ、シュターデン家の使いという者が現れた……と言っていた。

貴女様は我々が長年探していた、シュターデン伯爵家の正当な後継者に違いありません。どうぞわたくしと共に、王都のシュターデン伯爵家へおいでください。

訳の分からぬまま馬車に乗り、到着したのは初めて見る王都だ。

小麦といくらかの作物を、自身が食す分のみ作るのが精いっぱい……という小さな村からやってきた彼女にとって、それは『話に聞いた物語で憧れていた世界』そのものだった事だろう。

シュターデンの当主から「私の娘となってほしい」と請われ、夢見がちで素直な少女は二つ返事で頷いてしまった。


恐らくなのだが、彼女の母は『病死』ではない。フィオリーナに目を付けたシュターデンの者の手により、何らかの方法で殺されたのだろう。

現に『今回』、フィオリーナはまだあの小さな村に居て、母親もそこに居る。母親に病の気配などもないそうだ。

シュターデンの者が彼女を見つける前に、あの連中を一掃できたのが功を奏したらしい。


一夜にして、貧しい村娘から伯爵令嬢へ様変わりだ。

そんな彼女の口癖は「夢みたい」だった。

お城のような住居、これまで口にした事のないような美食、温かく柔らかな寝台、美しいドレスに宝飾品。物語の中で存在は知っていても、見た事もないので想像も難しかったものたちが、今は現実として彼女の目の前にある。

幸せすぎて、夢を見ているみたい。

いつも笑顔でそう言っていた。

シュターデン伯爵家はフィオリーナに、わざと何の教育も施さなかった。教えたのは最低限の読み書きだけだ。それもしかも、彼女自身の名前だけ。最低限にも程がある。

余計な学など付けられては、彼らの計画に障ってしまうからだ。担ぐ相手は、軽ければ軽いほど良いのだから。

それに彼女に相手をして欲しいのは、学も教養も常識もない化け物だ。釣り合いが取れて丁度良い。

逆に知性や教養に溢れるような者たちは、皆、あの化け物の側を去っていったのだから。考える頭や先を見通す目などを持つ賢しい者なら、あの化け物の側など絶対に選ばない。

そうして厳選されたフィオリーナは、まるでその為だけに存在していたのかというくらい、化け物の機嫌を取るのが上手かった。

彼女からしたら私は『常識もない化け物』ではなく、『とても綺麗な王子様』だったらしい。

そして、知性など無きに等しい化け物でも、全くの無知であるフィオリーナよりは学があった。

なので彼女の目に私は、『賢くて美しくて頼りになる王子様』として映る事になった。

本当に聡明な者は、自らあれ程に胡散臭い令嬢になど近寄らない。学もない、教養もない、礼儀もなっていない。一般的な貴族からしたら、近くに居るだけで不愉快になるような相手だ。

故にフィオリーナは、私以外の王侯貴族というものの姿を、正しく認識する事はなかった。

誰も側に居なかった化け物の隣には、気付けばいつもフィオリーナが居るようになった。

『無知な彼女と比べたら出来る』という程度の私を、彼女は素直に「王子様はスゴいんですね！」と尊敬の眼差しで見てくる。

……まともな頭を持っていれば、その状況は羞恥で耐えられなくなりそうなものなのだが、化け物に『まとも』なものなど何もない。

フィオリーナに無自覚に持ち上げられ、私はすっかり有頂天になっていた。

無知で哀れで愛らしいこの小雀は、俺の手の中でないと生きられない。

どういう思考回路を通したらそうなるのかは不明だが、私はそう考えるようになっていた。

◆

ああ！　クリス様が！　またお顔を手で覆って……‼

ファイトです、クリス様！　ドンマイです、クリス様！

……クリス様が復活されるまで、とりあえず、お茶のおかわりでももらおうかな。

遠くに居る侍女さんに目配せしてお茶のおかわりを貰い、とても綺麗なマカロンをもっしゃもっしゃと一つ食べ、のんびりお茶を楽しんだ。

その間、クリス様はお顔を両手で覆い、項垂れるような姿勢のまま動かなかった。

ただ時折「ない……。アレは、ない……」などと、ブツブツ仰っているのが聞こえた。

クリス様が復活されないから、マカロンもう一個いただこうかな。

表面に繊細なアイシングで、レースのような模様が施されている。すんごい映えそうなマカロンだ。しかもめちゃくちゃ美味しい。『映え』より味でしょ！　という色気のない私だが、このマカロンは味・見た目ともに満点を差し上げたい。

あの『映え』を意識する余り、ただただ食べ辛そうな形状・形態になってるお菓子とか、嫌いなんだよね……。美味しいのかもしんないけど、まず食べたいと思わないんだよね……。ばえ～ん。


しっかし乙女ゲームだか少女マンガだか知らんけど、裏側が黒いわ～……。その黒い部分をあの美麗な絵でマンガ化して欲しかったわ～……。

でも、ヒロインちゃん視点だと、あのマンガの通りの出来事でしかないんだろうな。一夜にして伯爵令嬢になった私☆の、トキメキ♡シンデレラストーリー！　みたいな。

……クリス様の中身も、結構黒いっていうか、ドドメ色してらっしゃるけども。何か『前回』のクリス様、俺様なんじゃなくてサイコパスくさくね？　自己愛性パーソナリティ障害とか。

そんで、お花畑ヒロインちゃん、悪い子じゃないんだろうな……。だからこそ利用されたと思うと、ホントあのヒロインちゃんはただただ被害者なんだな……。

そんな事を考えていると、隣から深い深ぁい溜息が聞こえた。

見ると、クリス様がよろよろと復活するところだった。

「……大丈夫ですか？」

すんごいヨロヨロのボロボロですけども。

「大丈夫だ……」

声、ほっそ‼

「大丈夫。……ふふ……、大丈夫だよ……」

笑顔が虚ろで怖ぁい！　ちょっとマジで、大丈夫なんすか⁉

少々不安な気持ちで見つめていると、クリス様はまた深く息を吐き、虚ろな目で遠くを見たまま固まってしまった。

……いや、これ、大丈夫じゃねぇだろ……。かなりダメだろ……。

「あの……、クリス様……」

ああ……、返事もなさらない……。おいたわしや……。

「お話の続きは、またの機会にしますか……？」

今日はもう、美味しいものでも食べて、お風呂入って、あったかいお布団で寝ちゃいますか？

「いや……」

やはりほっそいちっさい声で、けれどきっぱりとクリス様は否定した。

「ここまで話したのだから、最後まで付き合ってもらえるだろうか……？」

「はい。大丈夫です」

ていうか、私は大丈夫なんだけど、クリス様の方が大丈夫じゃないのでは？

クリス様は私を見ると、えらく力の無い、疲れたような笑みを浮かべた。

「『次の機会に』などと引き延ばすと、その日を迎えるのが恐ろしくなって、その『機会』は永遠に訪れなくなるような気がするからね……」

ああ！　また遠くをご覧に‼

・・・◆・・・

私が十九、フィオリーナが十八の年に、私たちは夫婦となった。

初めて出会ってから一年以上経っていたのだが、その間、フィオリーナに『貴族として』の成長などは全くなかった。

『貴族令嬢らしさ』の欠片もない娘だ。それを『王妃』という、国を代表する最も高貴な女性に仕立て上げねばならないのだ。

講師たちが厳しくなるのも当然だろう。むしろ、どれ程厳しくしても、まだ温(ぬる)いくらいであっただろう。

けれどフィオリーナは、その厳しいレッスンを嫌った。

彼女の憧れた『物語のお姫様』たちは、物語の中でそんなレッスンを受けていなかった、と。彼女の言う『物語』とは、彼女が幼い頃に母親が寝物語として聞かせてくれたものだそうだ。

良くある『お姫様が王子様と出会い、困難を超えて結ばれ、二人は末永く幸せに暮らしました』というようなものだ。

当然、そんな話に淑女教育の何たるかなど、出てくるはずがない。『お姫様』が『お姫様』として生きる為に必要な教養が何であるか、などは、物語には全く関係ない。

なので彼女は、『お姫様』というのは、その地位にあるが故に『お姫様』なのだ、と信じていた。

その姫の中身がどうであれ、その地位にさえ居れば、皆が当然傅(かしず)くのだと。

中身の伴わぬ、地位だけが高い者の末路など、大抵が悲惨なものとなる。

その現実を、歴史を、彼女は知らない。

本来それらは、私が教え、諭さねばならない事だったのだろう。だが残念な事に、私の認識も彼女と大差がなかった。

『高貴な生まれ』というのは、ただそれだけで貴ばれるものである。国の頂点として生を享けた私は、それだけで最高の価値がある。

……他人が聞いたら、もう笑いも出ないだろう。呆れをも通り越すであろう。だが、私もそう信じていたのだ。

そんな私に「あんなに厳しいお勉強、本当に必要なんですか？」と問うたなら、当然のように「必要ないのではないかな」と答えるに決まっている。

高貴な私が隣に置くと選んだ女性は、それだけで尊いものなのだから。

全てにおいてそういった調子で、フィオリーナは何も身に付けぬまま、王太子妃という椅子に収まる事になった。


……クリス様のお声が小さくて、お話が聞き取り辛いでございます……。

そしてクリス様のお話が、『乙女ゲーム後日譚』編に突入している。

ゲーム（というか、私の読んだマンガ）は、ヒロインちゃんと王太子がくっ付いて将来を誓い合ってハッピーエンドだ。何か確か『二人でこの国をより良くしていこう』みたいな事を言ってた気がするけども……。

まあ、言うだけなら誰でも言えるわね。

でも実際、『前回』のクリス様なら言いそうだ。しかも、心からのセリフとして。『自分が王になるんだから、良くなるに決まってる！』とか、マジで思ってそうだ。

でもちょっと待てよ？　クリス様には、きちんと舵を取れる後見がいた筈だ。

そんな人たちが、ふわふわお花畑を妃に迎える事を、良しとする筈がない。

「クリス様の後見の方の意見などは……」

訊ねると、クリス様はふっと小さく笑われた。

「私はとても視野が狭く、見えていたのはせいぜいが自分とフィオリーナくらいのものだった。しかもその姿も、化け物の歪んだ認識に基づいたものだ。……つまり、『何も見えていない』と変わらない」

……まあ、そっすね。『前回』のクリス様に、客観的な視点なんてもの、微塵もなかったでしょうしね。

「私には見えていなかった。いつから、私の後見がシュターデン伯爵になっていたのかも。……私を少しでもましな王にする筈だった者たちが、何故姿を消したのかも」

……は……？

姿を、消した……？　それは、城を去ったという意味だろうか。それとも、『消された』という意味だろうか……。

……キナ臭くなってきたなぁ。

王とその忠臣たちは居るとはいえ、王太子にもそれなりの権限はある。その『権限』の大半は、私にではなく、私の後見に与えられていた。

それはある種、当然の判断だ。

無学で無教養な化け物に、政治判断など任せられない。それ以前に、あの化け物は『政治』になど興味を示さないし、『政治』というものが何であるのかすら理解していない。

権限など、持たせるだけ無駄なのだ。

その頃、私のしていた『仕事』は、日がな一日机に向かい、差し出される書類に目も通さずにサインを入れ、右から左に流す事だけだった。

それでもそれらは、後見から『殿下にしかお出来にならない、とても大切で高貴な仕事』と聞かされていた。……『高貴な仕事』とは、何であろうか。後見の苦労が偲ばれる……。

いつからかは正確には分からないが、私がサインすべき書類が減っていった。

私は気分が乗らないと、ただそれだけの『仕事』すら億劫だと放り投げていた。日毎の作業量にはそもそもかなりムラがあった。

そういった調子なので、前日十数枚あった決裁の書類が今日は二枚であったとしても、特に疑問などはなかった。

ある日、執務室にシュターデン伯爵と数名の男性がやって来た。彼らは「今日から私たちが、殿下の忠実なる部下となります」と言ってきた。

元の後見役たちは、一体いつから姿を見ていないのか。私にはそれすら分からない。

『あいつらに代わって、今度はこいつらか』くらいの感想しかなかった。ただ、シュターデン伯爵は私に対して「あれをしろ、これをしろ」と言ってくる事がない。なので、『あの煩い連中よりましか』などとすら思っていた。

私の後見などという立場に収まれるくらいなのだ、その下の地位の者たちは、とっくにかなりの数がシュターデン家の息のかかった者に挿げ替わっていた。

別に、シュターデン家の本来の目的などに協調したのではない。齎されるであろう利益に目が眩んだ、欲の皮の突っ張ったような連中が主だ。政治や宗教的な信条なども特にない、要は烏合の衆だ。最終的に連中の目的は『王位簒奪』となるのだが、この頃は単純に『今より良い地位に』くらいの目的であったのだろう。

けれどシュターデンの連中にとっては、その方が都合が良かった。

彼らの狙いは金品や権力ではない。宝物庫にある一つの石と、その石を長年不当に占有してきた王家への復讐だ。

城や国が無秩序に荒れてゆくのは、彼らにとって歓迎すべき事態なのだ。

私は政治に興味がないどころか、まともに政治に参加していないので、政争などとも無縁だった。

担ぎ上げられはしても、私を表に出してはシュターデンの計画すらもめちゃくちゃになりかねない。なので、私とフィオリーナは、王城の敷地内の離宮に幽閉されていた。

……いや、本人たちは『幽閉』などとは思っていない。自分たち二人の為だけに整えられた立派な城、と思っていた。

愚かであるという事は、本人にとっては幸せな事なのだろう。己の暗愚さを、自認すら出来ぬのだから。

閉じ込められた化け物と哀れな小鳥は、自らを閉じ込めている檻をそうとも気付かず、怠惰に幸福に暮らしていた。


フィオリーナという娘は、読み書きも出来なければ、計算も出来ない。彼女に教えられたのは、彼女の名前の綴り(つづ)りだけだ。個々の文字をどう発音するのかなどは、フィオリーナは知らない。

そんな彼女は、金銭の価値も知らなかった。

彼女の暮らしていた村は、とても辺鄙(へんぴ)な場所にある。村には商店などが存在せず、食料は自給自足が基本だ。領主への税は、小麦で納めていたそうだ。まあ、それ自体は珍しい事でもない。

衣類や雑貨などの日用品は、月に一度やって来る商人と、やはり小麦と交換で受け取っていたらしい。

木綿のシャツが一枚なら、小麦を小さな袋に一つ、という具合だ。

◆

「中々、良心的な真っ当な商人ですね」

ちょっと感心してしまった。それにクリス様も笑うと頷いた。

「そうだね。相場として、とても妥当だね」

一般的な平民の着ている衣類一枚で、小麦を小さな袋に一つ。小麦の換金率からいって、とても当たり前の値段だ。その辺の下町の洋品店へ行き金銭で購入するより、一割くらい高いかな？　という程度の割高感だ。

けれど辺鄙な場所にある小さな村まで行商へ行く手間や、小麦を換金する手間なんかを考えると、その一割程度という嵩増し(かさま)は安い。

日本基準で考えても、所謂『離島料金』などはかかる。あれと同じ事なのだが、この商人はその金額を『気持ち程度』しか設定していないのだ。

ちなみに、『金銭の代わりに小麦』というのは、クリス様も言っている通りそう珍しい事でもない。小麦でなく大麦でもＯＫだ。

要は、需要と価格が安定した保存のきく穀物であれば、大抵のものが金銭の代わりとして通用するのだ。

「今、セラは小麦を金銭に換算して考えたよね？」

「それはそうでしょう？」

だって、そういう話でしょ。

「その計算の仕方は、どういうもの？」

「え……？　普通に、小麦の重量当たりの単価から、小さな袋に一つというならこれくらいかな……と」

ていうか、それ以外ある？　まあ、今日の正確な価格なんかは分かんないから、その辺は『だいたい平均して、小麦はこれくらい』っていう数字だけども。

あ、この国、小麦価格が暴落したり高騰したりって、殆どないから。小麦、めっちゃ穫れるし。気候もめっちゃ安定してるし。先物で地獄を見る人とか居ないから。代わりに、小麦に投資する人も居ないけど。

ついでに『小麦相場』などは、国と商業組合とで、全体の需要と供給を見定めて決定している。価格の更新は月に一度、月初だ。

「フィオリーナはね、『お金』を見た事がなかったんだよ」

……え？　えぇ⁉　見た事がないって、そんな事ある⁉

驚いている私に、クリス様は小さく笑った。

「さっき言った通り、暮らしは基本的に自給自足だ。税は麦で納めるし、商人とは物々交換。彼女には恐ろしい事にね、『貨幣』という概念がなかった」

言われてみれば……、確かにそうなるかもしれない……。……転生してから最大のカルチャーショックだわ……。

◆

金がなくとも暮らしていけるというのは、まあ悪くない事だろう。

けれどそれは、『その狭いコミュニティで一生を終えるなら』悪くない、と言うに過ぎない。

村へ行商に来ていた商人は、村人が食べる分の小麦までは奪わない。とても誠実な商人だ。彼らの食い扶持を圧迫しない程度の額の品物だけを、いつも持って行っていたようだ。

そんな暮らししかしてこなかったフィオリーナは、当然、『金銭感覚』というものを持ち合わせていなかった。

彼女の世界の『通貨』は小麦だ。

いつものシャツなら、小麦は小さい袋に一つ。スープ用の鍋なら、袋に三つ。農作業用の器具なら、大きな袋に一つ。

それは分かっているのだが、その小さい袋に一つの小麦が、『金銭として幾らの価値なのか』は分からない。

紙幣を見て彼女が発した言葉は「この紙切れが何になるの？」だ。

彼女の教育係は「これからは、その紙を洋服や宝石と交換するのだ」と教えた。それ自体は問題ない。その通りだからだ。けれど教育係は、『今手にしている紙幣が小麦何袋分になるのか』は教えなかった。

やり直してから覚えている限りの人物の背後関係などを洗ったのだが、案の定と言うべきか、その教育係もシュターデン所縁の者だった。

シュターデン家の意向は、フィオリーナには愚かなままでいさせろ、だ。

彼女の知らぬ事を教える筈の教育係は、彼女の無知をそれで良いと放置するのが仕事だったのだ。

教育係から納得のいく答えが得られなかった彼女は、私に問うてきた。

この紙は、どれくらいの量の小麦になるの？　と。

流石に私は、それが紙幣である事は知っている。けれど、私たちが『自分で金を払い買い物をする』という機会はほぼない。前回に限って言えば、一度もない。なので、紙幣の価値は分かっても、物の相場を知らない。

しかもフィオリーナの話をまともに聞いてもいないので、彼女の質問の意図も分かっていない。

この女は何故、小麦なんぞを買おうとしているのだ？　と不思議に思っていた。

フィオリーナが手にしていたのは、最高額の紙幣だ。私は小麦の相場など知らないが、それだけの金額であれば、結構な量の小麦が買えるのではないかとは分かっていた。

小麦など買ってどうするのだ？

訊ねると、フィオリーナは「違うわ」と言ってきた。

小麦が欲しいんじゃなくて、これ一枚でどれくらいの量の小麦になるかが知りたいだけ。

やはり私には、その言葉の意味が分からなかった。

なので、言ってしまった。

小麦がどれくらいかは分からんが、そこの菓子一つくらいなら買えるのではないか？

『そこの菓子』とは、クッキーだ。それを、一つ。

当然、たった一つ買っただけなら、大量に釣りがくる。私は半分冗談のつもりで言ったのだ。高貴な私に饗（きょう）される菓子であるのだから、それくらいの価値があってもおかしくなかろう、と。

けれどフィオリーナには、そんな冗談は通用する筈がなかった。彼女は暫く何かを考えた後、にこっと笑った。

分かったわ！　これ一枚で、小麦が小さな袋に二つくらいになるのね！

彼女の中で、高額紙幣が紙くず程の価値に収まってしまった瞬間だった。

最高額の紙幣を低額のコイン同等に認識してしまったフィオリーナは、当然と言うべきか金遣い

小麦
小麦

が荒かった。

彼女が幼い頃から憧れていたドレスや宝飾品、他国から持ち込まれる珍しい菓子や酒、そういったものに惜しげもなく金を使った。

『惜しげもなく』という表現はおかしいか。

……彼女には、それら金額は『惜しむほどの高額』とは、認識されていなかったのだから。

◆

こっっわ‼

何だ、この話。すんげー怖い！　ヒロインちゃん、一人ハイパーインフレ状態じゃん！　しかも誰も止めないとか！

『ざまぁ』ものなんかには、こういう展開は良くある。王侯貴族とハッピーエンドを迎えたヒロインちゃんが、その後に贅沢三昧をやらかして、家を傾けてしまう……的な展開だ。

そういう展開での『金を湯水のように使う』ヒロインちゃんにはけれど、『高額なものに囲まれる、とっても幸せなアテクシ♡』という意識はある。そういう傲岸不遜さがあってこそ、『ざまぁ』は美しく光り輝くものだ。

けど、このヒロインちゃんは違う。

とんでもない高額商品を前にしても、それはヒロインちゃんの中では『正常な市価の数百分の一』程度の価値でしかないと計算されているのだ。

悪意もなければ、贅沢をしているという意識すらなかったのだろう。

……いや、『贅沢』という意識はあったか。ドレスは恐らくヒロインちゃん相場で、小麦数十袋の価格であっただろうから。

驚きなのは、ヒロインちゃんのクッキー一枚の値段の見立てだ。少々高く見積もりすぎではあるが、そこそこいい線をいっているのだ。恐らくは、使われている素材などから、ヒロインちゃん相場の小麦で換算したのだろう。

頭は悪くないんだな……。そう思うと、余計に哀れな気がしてくるな……。きちんと教育をしていれば、良い妃となれそうなのに……。

けれど、誰もヒロインちゃんに『良き妃』となる事など望んでいない。むしろ『世紀の悪女』とでも呼ばれそうなものをこそ、彼女の周囲は望んでいる。そしてその通りに、一人ハイパーインフレなヒロインちゃんは、それと知らず浪費を続ける。

そんな事をしていたならば、『国庫』という巨大な金蔵であっても、底をつくのは早そうだ。

◆

私たちがそのような暮らしをしている間、城の中では『現王とその廷臣』、『シュターデン一派』、『シュターデンを利用し利を得ようとする強欲者』による、三つ巴の争いが繰り広げられていたようだ。それぞれが、主要な役職の椅子に座ろうと画策していた。

けれども一見、表面的には何事もなく過ぎていく。

その水面下で、三つの勢力は互いの望むものを得ようと、様々な形で争いを繰り広げていたらしい。三つの勢力に属さない穏健派や日和見は傍観を決め込んでいたようだが、そうも言ってられない事態になった。


現王の突然の崩御だ。


状況から鑑みるに、『王の忠臣』以外の二つのどちらかの勢力による毒殺――の線が濃厚だろう。

更に言うなら、私は実行犯はシュターデン一派だと思っている。……『今回』そのような事件は起こっていないから、調べようもない事だが。

王がある日突然、体調不良を訴え床に臥せた。そのたった四日後、医師の治療の甲斐なく、王は崩御された。

その王の崩御をきっかけとして、多くの者が城を、王都を離れていった。

この国には未来はない。そう確信し、せめて己の領地と領民は守らねば、と己の責務を果たす為に。

王の忠臣たちは、それでも何とか体制を維持せねば……と頑張ってくれていたようだ。けれど悲しいかな、多勢に無勢であった。

その間もフィオリーナの浪費は止まらない。その頃には既に、国庫など空に近かった事だろう。

フィオリーナの中では、金銭とは小麦と同じなのだ。初夏になれば収穫できる。小麦であれば、それはそうだ。

無くなったのなら、収穫すれば良いのではないの?

あくまで無邪気に、彼女はそう言う。

国庫に納めるべき金を収穫する……それはつまり、税率を引き上げ民から徴収する、という事に他ならない。

しかし小麦であったとしても、畑を耕し、種をまき、水や肥料をやり、虫や鳥から苗を守り……と、手をかけてやってようやく収穫に至る。

税収とて同じだ。

何も植えておらず、何も手をかけてやる事もしなかった土地に、納めるべき金など存在しない。

だというのに、税率だけはどんどん上がっていく。

民の不満は、限界まで膨れ上がっていた。


民の不満はまず、王都に暮らす貴族に向いた。

未だ王都に残っていた貴族は、殆どが自己の利益にしか興味のない連中だ。市井の世相になど、微塵も関心を払わない連中だ。

日々の暮らしに窮する民に見せつけるように、豪奢な衣装を身に纏い、磨き上げられた馬車で道を行く貴族を、民が憎悪しない訳がない。

暴徒化した民は、貴族の邸になだれ込んだ。美しく着飾る住人を、それぞれが思い思いの方法で痛めつけた。そこの住人たちは、使用人からも嫌われていたらしい。手引きしたのは、使用人だったそうだ。

暴徒を取り締まる筈の騎士たちは、その大分以前から職務を放棄していた。

彼らに支払われるべき給金が、かなり長い間支払われずに滞っていたからだ。自分たちに給金は出ないというのに、それを払う筈の者は自分だけ贅沢をしている。それは彼らからしたら馬鹿らしいにも程があっただろう。

民はその貴族一家を一人残らず殺し、遺体は門に磔（はりつけ）にした。

全員……年端もいかぬ子供まで、体中を切り裂かれ、皮を剥がれ、手足を削がれ……。怒りと憎悪に任せあらゆる暴力がふるわれた無残な遺体が、門にずらりと並べられた。

その事態に、貴族は震えあがった。

次は自分かもしれない、と。

我先にと逃げ出そうとした連中を、民は見逃してはくれなかった。


馬車ごと焼かれた者たちも居た。引いていた馬は、幾らかの内臓と夥しい血溜まりだけを残して、他の部位は解体され持っていかれたらしい。食事に窮する者も多かっただろうから、飢えを満たす為に使われたのだろう。

みすぼらしい身なりで平民に紛れようとした者は、手入れの行き届いた肌や髪から見破られ、なぶるように殺された。

金で破落戸を雇った者は、雇った相手にも裏切られ、あらゆる折檻を施された上で殺された。その金を、正しく民の為に使うなり、使用人に給金として支払うなりしていたなら……。今更言っても、詮ない事であろうが。

貴族の家は悉く荒らされ、略奪され、打ち壊されたり火をつけられたりした。

貴族が滅べば、憎悪はそのまま王族へと移行する。当然の流れだ。

王が崩御されて以来、王妃はずっと体調を崩していた。それが真に体調不良であったのか、何らかの毒物の影響なのか、それは定かでない。けれど、心労で身体を壊したとしても何の不思議もない状況だ。

城の使用人たちも、『徐々に』ではなく、『一気に』居なくなった。

市井の民と同じだ。不満はふつふつと滾っているのだが、それを解放するきっかけがなく我慢していたのだ。

その不満は、王の崩御という事態により解放される事になる。

敬愛する王に報いよう、支えようという思いで仕えていた者たちだ。愛する主が世を去り、残は状況を理解しても居ない化け物と、美しく囀るしか能のない小娘だ。そんな場所に殉じる必要はない。

そういった城の異変に私が気付いたのは、既に城下の貴族が幾らか、民により『処刑』をされた頃だった。

……バスティーユ襲撃前夜みたいな話になってきた……。『権威の象徴』という意味では、この国には王城くらいしかない。牢獄は普通に、罪を犯した者が裁かれた後にブチ込まれる場所でしかない。あぁ……、戦う者の歌が聞こえるよ……。

権威の象徴であり、支配の象徴でもある王城が襲撃されないのは、恐らく『知識層が極端に貴族に偏っている』事が原因だ。

暴動を扇動し、「敵は本能寺かどっかその辺にあり！」と目標を示す指導者が居ないのだ。

怒りと憎悪の矛先は、日々目にしていた貴族へと向かう。『王城』というのは象徴ではあっても、市井の民にとっては日々の暮らしに縁のない場所であるが故、襲撃の対象として挙がるのは最後だろう。

王位簒奪を目論む者にとっては、王政が崩壊してしまっては意味がない。なのでむしろ、王城から目を逸らさせる筈だ。

シュターデンにとっても同様で、彼らの目的が達せられるまで、城に有象無象を入れさせる訳にはいかない。

……そりゃ、城下が荒れてても城は静かだわ……。

とはいえ、いつか民衆の怒りは城まで届く。

マリー様には男装の忠義の騎士が居たけれど（いや、実際には居ないけど）、クリス様とヒロインちゃんにはそんな存在は望めそうもない。

これ以上ないくらい詰んでる状況じゃね？　絶望感しかないわ……。

ていうかこの国、お伽噺の中みたいにへーワな国なんだけど、一歩間違うとそんな事になんのか……。

「セラ」

呼びかけられてクリス様を見ると、クリス様は不安げな心配するような目で私を見ていた。

「大丈夫かい？　気分が悪かったりは……」

「大丈夫ですよ」

クリス様を安心させるように微笑むと、クリス様は「我慢しなくてもいいからね」と仰ってくださった。

いや、別に本当に大丈夫っすよ。グロ耐性、それなりにあるし。

それに、クリス様にとっては実体験なのだろうが、私にはただの『想像を絶する話』でしかない。

そう、『想像すらできない』のだ。もっと克明に詳細を語られたら、気分も悪くなるだろうが。『克明な詳細』なんて多分、お城でふんぞり返ってたクリス様もご存知ないだろうしね。

蓮コラの方がよっぽどクるわ（トライポフォビア並感）。

「続けても、大丈夫？」

「はい」

ていうかむしろ、続きが気になりますわ。是非お願いします、クリス様。

異変に気付くきっかけは、食事が出てこない事だった。

職務に忠実で誠実な使用人たちは、このどうしようもない王太子と妃であっても、世話を怠る事がなかった。食事は毎日決まった時間に出てくるし、お茶もきちんと用意される。

それが、何の前触れもなく、ある日突然なくなった。

職務怠慢なのではないか、と怒鳴りつけてやろうと私は部屋を出た。

……使用人たちが怠慢なのであれば、自分は一体何だと言うつもりなのか。他人に厳しく、自分には驚くほど甘い。なんと見下げ果てた根性だろうか。

いつもなら、離宮の廊下には使用人たちが働いており、出入り口には見張りの騎士が居る。それが、全員揃って見当たらない。

一体、何だというのか……と、私は腹を立てていた。

フィオリーナはと言えば、「お腹がすいた」と言い、離宮のパントリーから保存用の食料を取り出して食べていた。こういう時、平民出身というのは強い。

そういった日々が、数日間続いた。

パントリーにあった食料も底をつき始めた。無計画に好き放題に食べていれば、それはそうなるだろう。

一体、使用人は何処へ行ってしまったのか。連中はどれだけ職務を放棄したら気が済むのか。戻って来たなら、全員懲戒処分にしてやらねばならん。

状況など知らない私は、呑気にもそんな事を考えていたのだった。

8．一つの結末と、そこから始まる長い物語。

ある日、離宮に数人の男がやって来た。シュターデンの一派の連中だ。

その連中は、私の前に恭しく膝を折った。そしてわざとらしい厳(おごそ)かさで言った。

前王が崩御された今、貴方様が王でございます、と。つきましては、王となるに必要な玉璽(ぎょくじ)の所在をお知らせ願えませんでしょうか？

何だ、それは。

私の発した言葉に、場が凍り付いた。

璽は宝物庫に収納されている。あれは王が変わる時くらいにしか、そこから持ち出される事はない。普段の書類などに押す印は、歴代の王でそれぞれだ。

璽は『国を動かす』時だけに使用されるのだ。

国の何たるかをも知らぬ化け物には、そんな重要な品物があるという事は誰も知らせなかった。知らせてしまっては、必ず悪用される。そう考えていたのだろう。

私に膝を折っていた連中も、すぐにそれには気付いたようだった。質問を変えてきた。

殿下は城の宝物庫の鍵などを、お持ちではありませんか？　恐らくそこに玉璽はございます。鍵をお貸しいただけましたら、私共が取って参ります。

宝物庫の入り口には、確かに鍵穴があるし、それに合致する鍵も存在する。けれどその鍵を差し込んでも、回りもしなければ、『差し込むだけで開く』ような機構がある訳でもない。

連中は恐らく、王の死後、鍵は入手したのだろう。けれど、入り口が開かなかった。なので私にかまをかけたのだ。私の口から、「あれは鍵などで開くのではない」と答えが出てくる事を期待して。

連中の狙いはあくまで、『精霊から授かった石』だ。玉璽など、奴らには何の価値もない。ただ私を釣る為の餌でしかない。

期待に満ちた目を向ける連中に向かって、私は『私の知る事実』を口にした。

鍵なんぞ知らん。そもそも何故、城の中に鍵なんぞがかかった扉があるのだ。

そう告げた瞬間、連中の顔色が変わった。

● ● ● ◆ ● ● ●

「宝物庫の扉の開け方は、代々の王が口伝で次に引き継いでいくものなんだ」

はえ～……、厳重……。でも、そりゃそうか。

「もしも王に不慮の事故などが起こった際の為、宝物管理の者の内、たった一人にだけは教えておく。でもそれも、『正確な開け方』などではない。暗号のようなものを管理者には教えるんだ。そして王族であれば、その暗号のような意味不明な言葉や文字であっても、どうすれば良いのかは分かるようになっている」

へー……。ちょっと面白そうだな。でもまあ、そんなとこに興味持って、痛くもない腹を探られるのは勘弁願いたいわね。

君子、危うきに近寄らず。瓜田に沓は入れないし、李下で冠も正さない。つまり、何もしない。それが一番だ。

しかし、ちょっと待てよ？

「『前回』のクリス様も、管理者の方の暗号を聞いたら理解できる……のですか？」

『無知』という言葉も可愛く思える化け物だ。

クリス様は先ほど、『王族であれば理解できる』と仰った。それはつまり、王族の方々にだけ受け継がれる『何か』があるという事だ。その『何か』が、暗号解読のキーとなる。

クリス様は自嘲するように、何かを蔑むように、ふっと小さく笑われた。

「出来ないよ。国や城に関わる重要な話は、私には何一つ教えられなかったからね」

うわぁ……。

仕方ないとはいえ、マジで、よくそんなの立太子しようと思ったな……。

連中はそれでも諦めなかった。何度も質問を変え、私に色々と訊ねてきた。

途中から私は面倒くさくなり、全て「知らん」と答えていた。けれど実際、何も知らないのだ。

丁寧に受け答えが出来たとしても、答えは「知らん」が「知りません」になるくらいの差しかない。

一時間も問答を続ければ、私が真実何の情報も持たぬのだと連中も気付く。

連中は「分かりました」と言い残し、離宮を出て行った。その際、フィオリーナも共に連れて行ってしまった。


……後に知った事だが、連れ出されたフィオリーナは、民衆の怒りを逸らす為に利用されたらしい。つまり、処刑されたのだ。王都の広場で、見世物のように。

晒された遺体には石が投げつけられ、数日と経たずに直視出来ぬような状態となったそうだ。

私が離宮に残されたのは、連中が時間を稼ぎたかったからであろう。

王太子妃の公開処刑により、一時的に怒りの矛先を逸らす事が出来た。けれどそれもそう長くはもたない。またしても民衆の怒りが膨れ上がったなら、その時は王太子の首を差し出そう、と。

それに私であれば、離宮に残しておいたとしても、毒にも薬にもならない。

アレには『何かを考える』能などない。そう思われていたのだろう。そして、事実その通りだった。

離宮のパントリーに残されていた食料は、保存用の干し肉やドライフルーツ、そして乾燥させたパンなどだ。

ドライフルーツはそのままでも食べられるが、干し肉は硬く塩辛いし、パンもカチカチで美味しくない。

食事が運ばれなくなって以降、フィオリーナがそれらを使って、簡単なスープなどを作ってくれていたのだ。

贅沢な暮らしはしていたものの、やはり元は市井の娘だ。少量の干し肉入りの味の薄いスープでも「美味しい」と食べていた。私にはとても美味とは感じられなかったが。

炊事も洗濯も掃除も、フィオリーナは当然、自分でできる。やってくれる者が居たから任せていただけだ。

使用人の姿が見えなくなって以降、私は彼女を『使用人』と思っていた。

だが、その最後の命綱とでもいうべきフィオリーナが、連れ出されてしまった。

腹が空いても、私では保存食をどのように調理したら良いのかすら分からない。干し肉を齧(かじ)ってみたが、塩辛くてとても食べられたものではなかった。スープに浸して食べていたパンは、スープがなければボソボソとしていて喉を通らない。

調理の仕方など分からないし、それ以前の問題として、私は竈(かまど)に火を入れる方法すら知らなかった。

『お茶を淹れる為に湯を沸かす』という事すら、私には出来なかったのだ。……尤も、湯が沸いたところで、私には『お茶を淹れる』という芸当も出来なかったであろうが。

◆

まあ……、竈はね。お貴族様で自分で火を点けられる人、どれくらい居るか分かんないけどね、実際。

思わずそうフォローした私に、クリス様は苦笑するように笑われた。

「確かに、そうかもしれない。けれど、竈の脇には大抵、薪が積んである。焚き付けに使う為の乾燥した枯葉なんかも一緒にある。そして火打石もある。それら道具が用意されていたなら、試行錯誤くらいはしないだろうか？」

「ああ……、そうですね……」

要は薪に火が点けば良いのだ。薪があって、もっと燃え易そうな焚き付けもあって、『多分これでどうにかすんじゃね？』という火打石もある。それらを組み合わせて試行錯誤すれば、時間はかかるかもしれないが、火を点ける事は出来そうだ。

「私は竈や暖炉に火を入れる為に、火打石を使う……という事すら分からなかったんだよ。竈のあるような場所には近寄らないし、部屋の暖炉など、寒い日であればついていて当たり前、だったんだ」

あぁー……。言われてみたら、その通りだわ……。

貴族といえどサバイバル知識は必要。いつか私に子供が出来たなら、その子には野山でも生きていけるように知恵を授けよう。

そう心に決めた。

……このまま順当にいけば、『いつか私に出来る子』は王族となるのだが、それはそれだ。知識はあって邪魔になるものではない。

サバイバル王子とか、サバイバル王女とか、カッコいいじゃん。異論？　知らねぇよ。

「火を点ける事も出来ないし、料理も出来ない。私に出来るのは、井戸から水を汲む事くらいだった」

……ちょっと「それは出来たんですね！」と言いそうになってしまった。危ない、危ない……。

まだ私のつやつや猫ちゃんの尻尾くらいは見えてるぞ！　……もう被れそうにないけど。

◆

パントリーにあった幾らかの保存食もなくなり、とうとう私は全ての気力を失った。

掃除をしてくれる者もないので、離宮は薄汚れていた。身支度を整えてくれる者もないので、私の見た目も相当に酷かっただろう。


フィオリーナが連れ出され、どれくらいの日数が経過していたのかは、もう分からない。

空腹で思考が正常に働かない。

……もっとも、空腹でなかったとしても、思考など大して働いていないのだが。


もう、井戸へ水を汲みに行くのも億劫になっていた。

●●●◆●●●

「お水は大事です！」

思わず、すぐ隣のクリス様の腕を掴んでしまった。

それにクリス様は驚いたような顔をされた後、笑いながら私の手をそっと外させた。

「そうだね。セラの言う通りだ。……でもね、セラ、これらはもう『過ぎた事』の話だよ」

そうだけどぉ……。そうなんだけどぉー……。

食べるものもなく、水すらなく。クリス様の状況からしたら、一週間ももたないのではなかろうか。

私たちの体は異世界産なので、地球産の人間の身体とは組成が異なる可能性はある。けれど、血は赤いし、体温はほんのりぬくい。温度の単位が地球とは異なるので、セルシウス度にした場合に何度になるのかは分からないが、何となく同じくらいな気がする。

医学書を見ても、臓腑などは前世の知識とほぼ同じだし、私個人の所感としても違和感はない。

となると、水は命を繋ぐうえで、非常に重要なものとなる。

「お水……、大事……」

思わず繰り返した私に、クリス様はくすくすと楽しそうに笑われた。

「うん。知っているよ」

・・・◆・・・

たとえ食料がなくとも、水だけである程度は命を繋ぐ事が出来る。……まあ、当時の私には、そんな知識もなかったが。

けれど私は、もうその水すら、汲みに行くのも、飲む事すらも面倒になっていた。

恐らく、死が近かったのだろう。

身体を動かす気にもならず、そもそもそんな体力も気力もなく、ただ部屋の中に座りぼんやりとしていた。


何が起こっているのだろう。

何故、自分はこんな目に遭っているのだろう。

城の人々は、何処へ行ってしまったのだろう。

私はもしかして、何かを間違えたのだろうか。

しかし、何を間違えた？

間違うような事は何もなかった筈だ。

どうなっているのだろう。


そんなとりとめのない思考が、浮かんでは消える。突き詰めて思考をするような気力など、もう残っていないからだ。ただぼんやりと、考えるでもなく、そんな言葉を頭の中で繰り返していた。


どれくらいの時間が経ったのかは分からない。

その頃にはもう意識も途切れがちだったので、それなりの時間は経過していたのだろう。

誰かが、私を呼んでいるような気がした。

それまで何をする気力もなく、意識すら手放していたというのに、私は導かれるように立ち上がった。

数日ぶりに立ち上がったが、足は棒切れのようで上手く動かない。けれど、上手く動かぬ足をもつれさせながらも、私は歩き出した。

何処へ向かうかは分からない。

ただ、呼ぶ声がする方へ。


城の中は、全くの無人だった。

そんな事があるのだろうか。今思い返しても、夢を見ていたのではないかと思ってしまう。

使用人たちが全員職を辞したのだとしても、城は無人になる事はないだろう。ここにはまだ、シュターデンの連中や権力に肖(あやか)りたい連中などが狙うものがあるのだから。

だが当時の私に、そんな思考能力は残っていない。

ただ、呼ばれるがまま、ふらふらと足を動かすのみだ。


やがて到着したのは、宝物庫の扉の前、だった。

扉や周囲の壁は傷だらけだった。恐らくシュターデンの連中が打ち壊そうとしたのだろう。けれど、あの扉は剣や斧など持ち出したところで、そう簡単に壊れる代物ではない。壁にしても、周囲の壁とは厚みからして全く違う。

ボロボロになっている扉の向こうから、呼ばれているような気がする。

私は扉のノブに手をかけ、そっと動かしてみた。

通常、宝物庫の扉というのは、鍵を差し込んだ上で幾らかの仕掛けを解かねば開かない仕組みになっている。その『仕掛け』も、適当にガチャガチャやったら偶然解ける、という類のものではない。

そして私は、解き方はおろか、そういった仕掛けがある事すら知らない。

シュターデンの連中が打ち壊そうとしていたところを見るに、連中も開け方は分かっていないだというのに。

扉はいとも簡単に、重みすら感じさせずに、音もなく開いたのだ。

扉を開けると、中は真っ白な光で溢れていた。不思議と眩しく感じない、ただただ白いだけの光だ。

本来、とても驚くべき事態なのだが、私の頭はまともに働かない。「明るいな」くらいしか感想がなかった。

その光の元は、例の石だった。

うおぉぉ……！　やっと辿り着いた！

◆

でもその前に……。

「この石は、光を発するのですか……？」

今は蓋をキッチリと閉められているパリュールのケースを見た私に、クリス様は不思議そうに首を傾げた。

「どうなのだろうね？　私が見た時はそうだった、というだけだからね」

発光する石ときたか……。しかも、宝物庫がどれくらい広いかは分からないが、そこを光で満たす事が出来る程の発光量だ。そんな石、本当に見た事も聞いた事もない。

こちらの知識に前世の知識をプラスしてみても、本当に未知の石だ。

典型的な乙女ゲーム・ナーロッパ転生（魔法ナシ）だと思っていたけれど、ここにきて『魔法的なものアリ』になったぜ。オラ、ワクワクすっぞ！　何を隠そう、保育園の頃は『魔法使い』に憧れていたのだ。

もしかしたら、この石以外にも、世界には不思議アイテムが眠っている可能性がある。少なくとも、伝承にある『精霊が授けた品』は全四種だ。他にもシークレットがある可能性もある。つまり、所有者が定まっていないシークレットを見つけ出せば、私が魔法少女になれる可能性があるという事だ！

世界で不思議を発見し、ミステリーをハントするのもいいかもしれない。夢がひろがりんぐ。

……あ。

でも私、クリス様のお妃になるんだよなぁ。ミステリーをハントしに行くヒマなんかないか……。

ちょっとガックシ……。

いや別に、クリス様のお妃になること自体は、イヤな事なんてなんにもないのよ。むしろ私にクリス様は勿体ないと思ってるし。この『見た目は美少女、中身は平凡』な私と違って、クリス様は『見た目・中身共に美人』だからね。

その『心技体』が揃ったクリス様に、『体』しかない私でいいのかどうか……。ていうか、この場合の『技』ってなんや？　まあいいか、何でも。

「この石、ちょっと詳しく調べてみたい気がしますね……」

思わず言った私に、クリス様は楽し気に笑った。

「調べてみたらいいんじゃないかな？　今の所有者は君なのだから」

「……いいのですか？」

地球にあるこういうアンタッチャブルなお品は、ガチのマジでアンタッチャブルだったのだけれど。

「構わないけれど、お勧めはしないね」

「何故ですか？」

「この石にはどうも、『意思』があるように思えてならないんだ。もし本当にそうだった場合、『気に入らない事』をされた石が、どんな事態を引き起こすのかが予想もつかない」

石の、意思……。

うっかり笑いそうになってしまうた。

でも確かに、この石にそんなものがあるのだとしたら、非常に恐ろしい。

大抵のファンタジー作品において、神なんかの上位存在から授けられたアーティファクトというものは、不相応な者の手に渡ったり、毀損しようとした場合、とんでもない災厄を引き起こす。

この石がそういうものであっても、何の不思議もない。……不思議だけども。

「……やめておいた方が無難そうですね」

「そう思うよ」

私の溜息混じりの言葉に、クリス様は笑いながら即答された。

・・・◆・・・

真っ白な光は、眩しくもないし、温かくもない。ただただ、溢れる程の白だ。

宝物庫の中は光が強すぎ、何も見えない状態だった。けれども、この石だけははっきりと見えた。

台座なども光に埋もれ見えなくなっていたので、私には石が空に浮いているように見えていた。

私はいつの間にか、飢餓感も、倦怠感も、足の疲労も忘れていた。

ただただ魅入られたように、目の前に浮く石を見つめていた。

すると何処からともなく、声が聞こえた。……いや、『声』でもないし、『聞こえた』というのも語弊がある。

それは音を伴った『声』ではなかった。音ではないので、耳で聞いた訳ではない。

頭の中というか……、自分の思考に、他者の思考が割り込んでくるような感覚だった。

恐らく、分かり辛いというか、理解は難しいだろうが。

とにかく、そういう不可思議な『声』だ。

その『声』が、私に問うた。

君は、どこからやり直したい？　と。

やり直すとは？　どこから、とは？

《君が願っただろう。何が起こっているのか知りたい、と。その為に、君がやり直すべき場所は、何処だ？》

やり直すも何も、何が起こっているのかを告げてくれたら、それで良いだろう。

《告げられて、それで納得して死ぬのかい？　君の『本当の望み』は、そんなものなのかい？》

本当の望み。

言われて、私は気付いた。

そうか。私は、この人生をやり直したかったのか、と。

このように誰からも見向きもされず、忘れ去られた中で餓死するのではなく。もっと私に相応しい場所で、私に相応しい死に様があった筈なのだ、と。

●●●◆●●●

ズコー！　でございますよ、クリス様！　何かもっと、『運命を変えるには』的な壮大な願い事とか出てくると思ったのに！　よりによって、『死に様が気に食わない』とか‼

私はきっと、呆れた顔をしていたのだろう。クリス様は私をご覧になると、苦笑するように笑った。

「人間とは、そう簡単に変われるものではないようだよ」

「……そう、ですね……」

逆に、『前回』のクリス様、そこまで行ってもブレねぇ姿勢がすげぇわ。芯の通ったクズだわ。

私に相応しい死に様を求めるならば、何処へ戻れば良いだろうか。

考えて、私は『声』に答えた。

私が離宮へ移された時点へ戻してくれ。

願った瞬間、視界は真っ白に染まり、目の前にあった石すら見えなくなった。そして次の瞬間には、私は離宮に居た。

シュターデンの一派の男が、私とフィオリーナに離宮を案内している。

「ここが今日から、殿下と妃殿下のお住まいでございます」

男性は笑顔で告げる。

本当に、私たちが離宮へ居を移した、その当日だ……。

何がどうなっているのかは分からなかったが、私の願いは叶ったのだ。


願いは叶ったのだが、そこからの出来事は前回と全く一緒だった。

王が崩御し、国が荒れ、私はやはり最後に一人、離宮に取り残された。

なぞるように同じ出来事を繰り返し、フィオリーナが連れ去られ、離宮の扉が閉ざされた瞬間、私はまたあの光の中に居た。
《そこでは何も変わらない》
ならば、何処なら変わると言うのか！
《自分で見つけよ》
離宮に幽閉された時点からでは、何も変わらなかった。ではもっと前だ。私とフィオリーナが夫婦となった時か？
《では、そこへ》

また光が溢れ、今度はフィオリーナとの婚姻の式典の真っ最中だった。

どうすればいい？　どうすれば結末は変わる？　私はここから、何をしたらいい？

それまでの二十五年間、感情のみで動いてきた私は、初めて『真剣に考える』という事をした。

もう、離宮でただ餓死するのを待つのはご免だったからだ。


まず、離宮へ移送されないようにしよう。

そうは思っても、私は『何故自分が離宮に幽閉されたのか』が分かっていない。自分が城に居る大多数にとっての厄介者であるなど、微塵も感じた事すらなかったからだ。

離宮を取り壊せば良いのか？　……当然、無理だった。周囲は私の我儘に慣れきっていて、私がそんな事を言っても「またあの厄介者が、厄介な我儘を言っている」くらいにしか思わない。

そもそも、私を離宮に閉じ込めようとしたのは誰だ？

誰だも何も、どう考えてもシュターデンなのだが、そんな簡単な事すら私には見えていない。

二度目も結局、何も変える事など出来ないまま、私たちは離宮へと幽閉され、同じ道を辿った。

◆

クリス様……、それもう『乙女ゲーム』じゃなくなってます……。

まさかの乙女ゲーム後日譚が、コマンド総当たり式アドベンチャーになってたなんて！

……と、軽く言えるほど、クリス様の経験は軽くない。

タイムリミットは決まっている中で、その結末を回避しようと足掻くのは、きっと相当にきつい。

しかも最後は『餓死』だ。死に方としてもかなりキツい。

迫りくる『死』と向き合うだけでもキツいだろうに、それを『繰り返す』のだ。

精神が破綻してもおかしくない。

クリス様は軽く俯くように視線を伏せている。その横顔はとても端正で、『感情』というものが見えない。

今、何を思ってらっしゃるんだろう……。

● ● ● ◆ ● ● ●

そうして何度も、何度も、少しずつ時間を遡っては繰り返した。繰り返す中で、私は少しずつ知恵を付け、己で考える力を養っていった。

悲しい事に、やり直した時点では、私に『信頼できる味方』など一人も居ないのだ。フィオリーナは味方になってくれるだろうが、彼女に事の詳細を話したところで信じてもらえないだろう。

何度か『やり直し』を繰り返し、私は『フィオリーナと出会う時点』まで戻った。私が十八歳のあの宴だ。

あの日フィオリーナは、城の深部の庭に突っ立っていた。

この時点での私は、少々考える頭を持っていた。

ここで初めて、『何故彼女は、あの日、あの時、あの場所に居たのか』という疑問を持った。

大広間の最上段で、フィオリーナを探し、彼女の動きを注視した。フィオリーナが広間を出ていいくと、私はその後を隠れて追った。

フィオリーナは化粧室へ行き、そこから何を勘違いしたのか、逆方向へと廊下を曲がった。

そこからは、見事なものだった。

フィオリーナの進行方向の騎士や侍女、侍従などを、シュターデンの手の者がさりげなく足止めしていたのだ。

ある者は「この辺にハンカチが落ちていませんでしたか？」と、ある筈のない落とし物を訊ねたり。

ある者は酔った振りなのか、真に酩酊（めいてい）しているのか定かでない様子で、前後不覚に陥り騎士に手を借りたり。

ある者は「あちらで何やら、不審な人影を見たのですが……」と嘘を言い。

フィオリーナをどんどんと、城の奥へと不自然な自然さで誘導していく。

辿り着いた先で私が居るとは限らない。けれど恐らく、彼女を見つけるのは誰でも良かったのだろう。フィオリーナがおかしな場所へ迷い込み、それを誰かが誰何し、身柄を拘束されたとしても。

シュターデンには「身内を引き取りに行き、潔白を証明する」という、城に入り込む為の大義名分が出来るのだ。

むしろ、私が彼女を見つけ、咎める事なく放免したのは、計算外だっただろう。

城の庭でぼけっと佇む彼女に、私は声をかける事はしなかった。

その後彼女は巡回の騎士に捕らえられ、シュターデン伯爵に引き取られていった。私と彼女は『運命的な』出会いをする事無く、私が彼女と婚姻を結ぶ事もなかった。これで変わっただろうと安心していたのだが、結末は変わらなかった。

私は離宮に幽閉される事こそなかったが、シュターデンの手の者によって殺されてしまった。

《君が死んでどうする》
そんな事言われても知らんが。
《次はどこから?》
もう一度、十八の生誕の宴のあの日だ。
不自然な動きをするあの『シュターデン伯爵家』というものの正体を、見極めてやる。
何故私が殺されねばならなかったのか、それを。

私はそれからも幾度か、十八歳の生誕の宴前後に戻る事を繰り返した。

考えの足りない頭ではあったが、『この日が何か重大な鍵になっている』という事には気付いていたからだ。

ただ、何度繰り返しても、『王の崩御』が避けられず、そうなってしまうと後はそれまでと大差のない状況となる。そして私は、方法こそ違(たが)えど、何らかの原因により命を落とすのだ。

それでも少しずつではあるが、『何か』が朧げには見えてきてはいた。あの最悪の状況へと転落する『きっかけ』とでも言うべき『何か』が。

けれど私に出来る事など、たかが知れていた。前も言った通り、味方が居ないのだ。それに、私のそこまでの素行も悪すぎて、今更誰も私の話など聞かない。

結局、私は毎回、シュターデンの連中に殺される事になる。

《次は？》

何だか声が投げやりだ。

まあいい。私はまず、『信頼できる味方』というものを見つけねばならない。

だが、そんな者が居るだろうか。

私の周囲に居る人間というのは、侍従や騎士ばかりだ。いや、侍従たちと信頼関係を築いても良いのだろうが、もっと自由に動ける者がいい。

そこまで考えて、私は思い出した。

昔……、何度もやり直しを繰り返したおかげで、ちょっと思い出せないくらいの昔、父が私に五人の少年少女を引き合わせてくれた。

彼らが集められた一番の理由は『聡明であったから』だ。
歳も同じで、聡明で、そして何より彼らには地位と権力がある。

五歳だ。
《へぇ。どうして?》
声の調子が変わった。それはきっと、私が結末を変える為の選択として、悪くない選択だったからなのだろう。
父が私の為にと、子供らを集めてくれた。あの子らを味方に付けたい。
《悪くない》
声がそう告げ、私は五歳のあの日の庭園に居た。

9．君が君である限り、私は何度でも君に恋をするだろう。

五歳に戻った私は、まずその五人の子らと友誼(ゆうぎ)を結べるよう努力した。

繰り返す中で、流石に『貴族らしく見える立ち居振る舞い』はなんとか身に付けた。彼らに初めて出会った時の、あの傍若無人な化け物より、幾許(いくばく)かはましになった。

彼らは皆、その年齢にそぐわぬ知識や知恵を持っていて、それ故に礼儀作法なども完璧であった。

あの子らに認めてもらうには、私も相応の努力をせねばならない。

『貴族らしく見える』程度ではなく、『王族として恥ずかしくない』者になる必要がある。

そう考えた。


上から頭ごなしに命令するだけであった化け物は、五歳から全てをやり直した。

私がやり直す以前までの五年間で既に私を遠巻きにしていた侍女たちも、理由までは分からないが私がこれまでと違うと気付き、私の為に手を貸してくれるようになっていた。


彼らが私を友と認めてくれるのに、一年の月日が必要だった。

一年間、私は必要な知識を詰め込み、『出来て当然』の礼法を学び、粗野な口調や所作を改めた。

その『一年』という月日は、かつての化け物であった私を彼らが見限った期間だ。一年であれば、私を真っ先に見限った公爵令息も子爵令息も待ってくれる。けれど、一年内に結果を出せなければ彼らは去ってしまう。

そんな思いで必死に様々な事を身に付けた。

友人となった彼らはやはりとても優秀であったし、信用も信頼も出来る相手ではあったのだが、私は自身の身の上に起こっている現象については口を噤んだ。

話したとして、理解できる者が居るのだろうか。

私自身ですら、何が起こっているのか、どうなっているのか、上手く説明など出来ないというのに。

そういう思いからだ。

出会いからやり直した私たちは、とても良い友人関係を築いていた。

五人はそれぞれ得意な分野も異なっていて、皆で話をするだけで楽しかった。

……そう。

とても楽しかった。

思い返せば一回目から今回まで、『楽しい』と感じる事があっただろうか。周囲に友も居らず、信を置く相手も居らず……。

『自分自身』しか見えていない私は、己の孤独にすら気付いていなかったのだ。

一回目のフィオリーナは、確かに私を愛してくれたのかもしれない。けれどそれは、鳥のヒナの刷り込みと何が違うのだろうか。馴染めぬ貴族社会で「そのままでいい」と甘やかしてくれる私に、縋っただけなのではないだろうか。

そして私も、私を持ち上げ褒めそやしてくれる彼女に、優越感などは抱いても、愛情はもっていただろうか。

離宮に幽閉されて以降、それなりに長い時間を二人で共に過ごした。けれど、そこで何を話したのか、何をして過ごしたのか、それらはもう思い出せない。

フィオリーナにとっては縋れる相手なら誰でも良かったし、私にとっては私の気分を悪くさせない相手なら誰でも良かった。

なんと無味乾燥な関係性だろう。

フィオリーナには申し訳ない事をしたな、と思ったが、それを謝ろうにも彼女にはやり直した記憶などないだろう。そしてもしも記憶があったとしたならば、謝って済むような事態ではないのだから、謝罪など無駄だろう。

せめて次に妃を選ぶ時は、私が心から望む相手にしよう。

そう決めた。

余談だが、私はフィオリーナ以外の妃を持った事がない。

そんな心の余裕もなかったし、いつ殺されるかも分からぬ身の上で妃など、という気持ちもあったからだ。

そのフィオリーナにしても、婚姻の避けられぬ状態からのやり直し回以外では、私は彼女を妃に望む事はなかった。

彼女は私の妃になると必ず処刑されてしまう。逆に妃にならなければ、幸せになれたであろう道もあったからだ。


日々はとても楽しく、充実していて、私はすっかり忘れそうになっていた。

私がやり直しを繰り返しているのは、決して友人を作る為ではない。

あのシュターデンという家が何であるのか。そして彼らの目的が何であるのかを暴かねば、私はまた二十五歳前後で死ぬ事になるのだ。

そしてその頃にはまた、国は荒れている事にもなる。

さて、どこから手を付けようか……。

● ● ● ◆ ● ● ●

「君ならどこから手を付けるかな？」

「そうですねぇ……」

問題が多すぎて、本当に何処から手を付けたものかが全く分からない。

とりあえず、クリス様がこのデスループを抜けるには、シュターデンを何とかしないとならない。けれど……。

「クリス様は、そこまでのやり直しで、シュターデンの尻尾は掴んでらっしゃいましたか？」

「いや、全然。分かっている事は、『連中には何か企みがある』という事と、『連中を何とかしないと、私は必ず殺される』という事だけだね」

ん〜〜〜……、情報が少ない！

「クリス様を殺しにくる相手というのは、必ずシュターデンの者なのですか？」

だとするならば、尻尾を掴むまでいかなくても、シュターデン家の動きを注視していれば防げる可能性はある。

どうだ？　どうなんですか、クリス様!?

じっと見ていると、クリス様は僅かに楽し気に笑われた。

「その答えは『確証がない』だね。私が死ぬ前後、城の中にはシュターデンの他に『王位簒奪を目論む者』というのも存在している。恐らく、どちらからしても私は邪魔者だ」

うあ、そっか。そんなのも居たか！

「ただ、私を殺す為には、私に付く警護が薄くならねば不可能だ。……それこそ、国が荒れ、騎士たちが私たち王家を見限るような事態がね」

あ……！

「それを引き起こすのが、シュターデンなのですね……」

「そう」

一番初めの『国を崩壊させる引き金』を引くのが、シュターデン家だ。それが恐らく、今回早々に処刑されたあの人々なのだろう。

リストには結構な人数が居た。あれら全てが城の主要な部門のそこかしこに散っていたとするならば、警戒するのはとても難しい。

では、シュターデンを城の中に食い込ませないようにするには？

シュターデン伯爵家というのは移民だ。それが何故貴族となっているかというと、金で爵位を買ったからだ。

彼らが移住してきた頃、この国は少々財政に難を抱えていた。そこで、手っ取り早く大金を作る方法として、幾らかの爵位を売り出したのだ。シュターデン『伯爵』家というのは、その一つだ。

他にも幾つかある爵位を買った家々は、皆総じて要職などには就いていない。正確に言うのであれば、『就けない』だ。金で爵位を買うような品性の下劣な者を、生来の貴族と一緒にされては堪らない、という「ああ……、そっすか……」的な事情によるものだ。つうか、売り出したの、そっちなのにな……。ひでぇマッチポンプだよ。

ともあれ、そういう事情があるので、シュターデンの人間は城の中には通常入り込めない。

そのシュターデンが城へ食い込む『きっかけ』を持っているのは、多分ヒロインちゃんだ。けれど、ヒロインちゃんを名指しで「王太子の生誕祝賀に来るな」とは言えない。

ならば……。

「ヒロ……、いえ、フィオリーナ嬢が初めて城に来るクリス様の生誕祝賀の際、彼女を城の深部へ侵入させせない……というのは？」

言うと、クリス様はにやっと悪い笑みを浮かべた。

「時間稼ぎくらいは出来るだろうね」

あー……、時間稼ぎくらいにしかなんないのかー……。そんじゃあ、そうだな……。

「まだやり直せるとするならば、時間をかけて一つずつ詰めていく……ですかねぇ？」

もうそれくらいしか思いつかない。

「それと同時に、国が荒れた時の為の備えを考えるのと、そもそも荒れないようにするにはどうしたら良いのかを考えるのと……」

やる事、多‼

う～んう～んと唸る私に、クリス様が小さく笑った。

「私には他に、それまでのやり直しで分かっている事もあった。たとえば、父の死因だとか」

陛下の死因‼　確かに、『崩御された』と聞かされるだけで、詳しい状況なんかは聞かされていなかった。確か、『体調を崩された数日後に亡くなる』だったかな？

「何が原因なのですか？」

「毒だね。蓄積型の。それが恐らく、食事か飲み物かに、極少量ずつ混ぜ込まれていた。母が体調を崩していたのも、恐らくこれだ。気付いた父が、母に『なるべく食事に手を付けるな』と忠告したらしい。体調を崩されていたのは事実なようだが、父の忠告に従い、『体調を崩した事にして、信用できる侍女たちに食事を用意してもらう』という事にしていたらしいね」

「その毒は、誰が……？」

「シュターデンだ。調理場の下働きで、調理には携わらない者の中に、シュターデンの者が居た」

調理場はダメだってぇー‼　そんなとこ、何でもやり放題じゃんー‼　いくら直接調理に関わらないって言っても、やろうと思えば出来んじゃーん‼

「じゃあそれも追加ですね。調理場の人事を何とかするのと、身元調査の徹底」

やる事が～、多すぎる～♪

しかも多分というか絶対、まだやっとかなきゃいけない事、いっぱいある……。

これマジでループ前提じゃないと片付かないんじゃね？

やるべき事が多すぎて、さて一体何から片付けようか……と思案する中で、私は気付いた。

これら問題を一人で解決しようとするならば、これまでのやり直しと何も変わらないのでは？と。

私が今回五歳からやり直したのは、『信用できる味方』を作る為だ。そしてあの五名は、それに足りる。

これまでの事を話してみよう、と、私は決めた。

ただ、事実として語るにはいささか荒唐無稽が過ぎる。私がおかしくなった……などと噂が立ってしまっては、あの離宮に逆戻りになりかねない。

過去のやり直しから、私があの離宮へ幽閉されると、生涯そこから出される事はないと知っている。離宮へ放り込まれた時点で私の負けだ。

話すにしても、どう話そうか。

色々と考えて、私は手っ取り早く「そういう内容の物語を読んだのだけれど……」という事にした。

そしてある日、意を決してその話をしてみた。

何度も何度も同じ時間をやり直す王子の話として。

王子が『やり直し』をするのは、自身の死を回避する為。その死の訪れる条件となる、『国が荒れる』という状況。いつの間にか国に入り込んでいた『謎の貴族家』と『王位の簒奪を目論む者』。『謎の貴族家』の目的は特に物語には描かれておらず、彼らが何を目的として国の中枢へ入り込んだのかは分かっていない事。

そういう条件下で、王子が死を回避するには、何をどうしたら良いだろうか……と。

いかにも書物を読んだのだと思わせる為、一週間もかけて概要を書き出したりもした。おかげで皆は、本当にそういう書物があるのだ、と思ってくれたようだった。

……少々予想外だったのは、セラがやたらとこの話に食いついてきて、暫くの間私に「その本は何処で手に入れたのか」「タイトルは?」「作者は?」「出版社は?」「どれも覚えていないなら、厚さだとか表紙の色だとかだけでもいいから、何か覚えている事は?」と、事細かに幾度も訊かれた事だった。

◆

「……何やら、申し訳ありません……」

「ふふ。構わないよ。君はそういう、ミステリなんかが好きなのかな」

「はい……」

『今』の私じゃないけど、間違いなく私だ。そんな話聞かされたら、食いつくに決まってる。

この世界にある『ミステリ』は、地球の推理小説とはちょっと違う。

いや、元は同じだったのだ。

不可解な状況での殺人事件に、切れ者で有名な男爵が挑む……というものだ。それが、この世界で『最古』とされるミステリだ。最古といえど、ほんの三十年ほど前に刊行されたものだが。

ポーやドイルを今読むとノスタルジーを感じるように、この話も私にはノスタルジックな田園調で悪くなかった。トリックと推理に破綻がなく、美しくすらあった。

だが、この小説が刊行された後、この手口を模倣した阿呆が居たのだ。

娯楽小説というものは、純文学などに比べて低俗なものと扱われる事が多い。この小説もご多分に漏れずそうだった。しかも題材が『殺人』だ。低俗なだけでなく野蛮とされた。『公序良俗に反する』などと烙印を押されかけ、ミステリというジャンル自体が迫害されかけていた。

しかしミステリ作家とミステリファンは、そんな逆風には負けない。オタクの一念は岩をも通すのだ。

ミステリ作家たちで作るペンクラブ『一本の鍵』という団体が、「じゃー、現実的でなきゃ文句あれへんねやろ‼」とブチ切れ、『三つの鍵穴』という地球で言う『ノックスの十戒』のようなものを作って掲げた。

曰く『一の鍵　事件には必ず、超自然な要素を入れなければならない。二の鍵　それら要素は全て、読者に解決編までに提示されなければならない。三の鍵　探偵は嘘をついてはならない。』だ。

……これねー……、『不誠実な語り手』は禁じてないのよねー……。いいけどもさ……。

ともあれ、今現在刊行されている『ミステリ』というジャンルの物語は、殆ど全てがこの『三つの鍵穴』を順守している。

ここまで踏まえて、クリス様のお話だ。

この三つの鍵穴を、しっかりと踏襲してくださっている。しかも今現在、私が読んできたミステリには『時間逆行』『タイムループ』というトリックを用いたものはない。

クリス様が繰り返されている『やり直し』が、『クリス様の状況』以外は全て毎回同じであるのだとすれば、クリス様にそのお話を聞いた『やり直しの中の私』もそんな本は知らない筈だ。

そらぁ食いつくさ！　入れ食いだわ！

「ミステリに仕立てる……というのは、確かに良い案かもしれませんね」

前述したとおり、ミステリは『低俗で野蛮』なものとして、特に貴族には好まれない傾向がある。

そして『殺人』がほぼ必須な為、女性には好まれないどころか忌避されるまである。

なので、そんな本が本当は存在しない事など、博識な彼らであっても気付かないだろう。……ミステリファンの私が気付かないのだから。

しかも近年、巷でちょっとしたミステリブームが起こりつつあり、刊行数が跳ね上がってきている。良きかな、良きかな。その中から一冊を……というのは、砂漠で砂粒を探す如しだ。

「セラが異常に食い付いてきた事を除けば、悪くなかったね」

「……ぐ……」

申し訳ない……。でもそれ、物語としたら面白そうじゃないですか……。

クリス様には単なる現実でしかないから、『面白い』なんて言ってる場合じゃないでしょうけども……。

◆

お茶の時間の雑談として振った話題であったけれど、皆興味を持ってくれたようで、それぞれが様々な意見を出してくれた。

私は事前に、この場の会話を記録してくれるよう侍従に頼んでいた。恐らく、記録を取らされていた侍従は、訳が分からなくて大変だっただろう。

お茶会を終えた後、侍従から受け取ったメモは、実に十枚を超えていた。

ミステリというジャンルに造詣(ぞうけい)の深いセラは特に、『謎の貴族』が気になっていたようだ。

何故なら、彼らは目的すら分かっていないからだ。目的が分からないながらも、『彼らが中枢へ入り込むと国が荒れる』のだ。それは逆を返せば、『国を荒らす必要がある』という事に他ならない。ただ『国家の転覆』を目論んでいるのだとしたら、王や王子を殺害するのにそこまでの手間と暇はかけないだろう、と。その二人さえ消えれば、『王位簒奪派』という連中が居るのだから、簡単に体制は瓦解する筈だ、と。

瓦解までしなくとも、簒奪派と尊王派とで争いが起こる。その時点で既に国政は麻痺する。『国家』が『国家』として体(てい)を為さなくなれば、国家転覆は成るのだ、と。

確かに、と納得した。言われてみたら、その通りだ。

だとしたら本当に、あの連中の目的はなんだ?『国を荒らす』事は、連中にとっては単なる手段でしかない。そうまでして達したい『目的』とは?

私が今まで見てきた中で、連中の目的の手掛かりとなりそうな言動はどこだ?

思い出せ。そこにきっと、このやり直しを終わらせる鍵がある。

連中と一番近くに居たのは、一回目だ。だが残念なことに、一回目の私は最も愚かな化け物だ。自分自身の記憶であるのに、それが『見た事』『聞いた事』が正しいのかすら確信が持てない。だとしても。

不確かであやふやな記憶としても、きっと私は何か見聞きしている筈だ。

一回目の自分の記憶と向き合うのは苦痛ではあったのだが、そうも言っていられない。

思い出せ。連中は何を言ってきた？　どう動いていた？

やがて私は、一つの記憶に辿り着いた。

そう。王が崩御された後、私に『玉璽を取る為に、宝物庫を開けろ』と言ってきた、あれだ。

そして、宝物庫の入り口を打ち壊そうとしていた痕跡。

連中の望むものは、あの中か――！

その回の私は、きちんと両親から『次期王』と認められていた。

それはそうだ。『優秀で聡明』とされる子ら五名と渡り合わねばならんのだ。『それなり』どころか、『これ以上ない程』の学習量が必要だった。

それらを半ば意地で修め、彼らに『王族たるに相応しい』と認めさせたのだ。

畢竟（ひっきょう）、私の立太子に異議など出よう筈がなかった。

正当に王太子として選出され認められていた私には、これまで知らされる事のなかった宝物庫の中身や入り口の開け方などが教えられていた。そして父から「一度、きちんと中を見ておきなさい」と言われていた。

私はその時は、やる事が多すぎてそれどころではないと「いずれ、機会がありましたら」と答えていたのだけれど。

連中の目的があの中にあり、それは恐らく玉璽などではない。

だとしたら、何だ？

国家転覆の大罪人となってまで手に入れたいものとは何だ？

私は折を見て、宝物庫へと入ってみる事にした。

扉を開け、一歩足を踏み入れ、思わずそこで立ち止まってしまった。

宝物庫の一番目立つ場所。入り口の真正面の一際豪奢な台座。

そこに、あの石が置かれていた。

●●●◆●●●

……ん？

「クリス様は、『やり直し』をさせているのが、この石だと気付いていてらっしゃらなかった……？」

「いや、それは気付いていたのだけれど……」

クリス様は言葉を切ると、パリュールのケースを見て苦笑した。

「私に『やり直し』をさせている石は、青白く透き通った石、なんだ」

…………は？

いや、待てよ？

この石、最初に貰った時は黄味がかった緑だったのが、今では青味がかった緑になってるな……。

そんでそれをご覧になったクリス様が仰ったな……『大分、青味がかってきたね』と。

「もしかして……、この石、どんどん青くなるんですか……？」

「どうも、そうらしい」

やはり苦笑するクリス様。

つまり何だ？　黄色っぽい緑からどんどん青くなっていって、黄色成分が抜けると魔力発動！みたいな？

「恐らくだけれど、あと五年もすれば私が見た光景が見られるのではないかな」

……多分、そうなんでしょうね……。

怖ぁ！　てかマジで、何でそんなモン私にくれたんですかねぇ⁉　守ってくれるからとか何とか以前に、マジカルアイテム過ぎて怖いですよ！

ひえぇ……となっている私に、クリス様は少し楽し気に笑われた。

「セラも教育の過程で見ただろうが……、宝物庫に収められる品は、目録に一覧となって記載されているね」

「はい」

見ました。そんでもって、一通り覚えさせられました。

「あれには、収められた品の名称、素材、形状、由来なんかが『全て文字のみ』で書かれている」

そうだ！　そうだった！　そしてこの石については――

「『緑色』……」

「うん。そう記載されている」

私たち一家がこの石を見て『国宝』と理解し疑いもしなかったのは、『文字で記された情報と、目の前の品物が全く同様の形状をしているから』だ。

国の公文書として存在する国宝の目録を疑う、など、普通はしない。というか、する必要もない。けれど、同じ形・同じ大きさであっても、色が違えばどうか。

目録には当然、色が変わる事がある、などという情報はない。そして通常ありふれた宝石であれば、短時間で色が変わるなどあり得ない。

目の前にある『青く透き通った石』が精霊の石だなど、きっと思いもしないだろう。

「目録にあった精霊の石と、目の前にある石は、特徴などが全て合致する。では、私にやり直しをさせているあの石は何だ？　初めはそう思った。けれど、位置関係的に、あの青い石は宝物庫のあの辺りにある。精霊の石と同じ場所だ。……という事は、私にやり直しをさせているのは、『精霊の石』なのか。……という事に、やっと気付いた」

目録や由来などを学んでいる時には、『精霊が授けた』だの『願いを叶える力』だの、全てが眉唾物だと思っていた。

私にそれを教えてくれた管理官にそう言うと、管理官も苦笑するように頷いていた。

「正直、私も同様ですが。それでも、『正確な由来が知れない』という点と、『あの石が既知のものではない』という点は事実です。その二点だけでも石を厳重に保護し、未来へ繋ぐというだけの価値はあるのです」

成程。つまり、稀少性に価値があるのか。

その程度の理解であった。

けれどこの石は、そんな可愛らしいものではない。

稀少性という点においては、断言してもいい、世界に一つしかないだろう。

これを授けた『精霊』などが本当に居るのかは分からないが、これが真実誰かに授かったものなのだとしたら、授けてくれた相手は人間などより余程上位の存在だ。……それこそ、精霊や神のような。

宝物庫には、それ以外にも非常に価値のある品物が数点ある。盗み出したとしても、恐らく買い取れる者も居ないだろうと思われるような品々だ。買い取れる者はないだろうが、それらを盗み出したとして、用途を考えるとするならば、換金するくらいしか思い当たらない。

シュターデンがここから何を持ち出そうとしているのか。玉璽でない事だけは分かっている。そして恐らく、換金目的の貴石や貴金属などでもない。

他に、この宝物庫にしかない唯一無二の品となると、この石か……？

この石について、もっと詳しく調べる必要がある。

そう考えながら、私は宝物庫を後にした。


石について調べる……とは言っても、分かっている事は『地上に存在するどの鉱物とも特徴が合致しない』という事と、『精霊に授けられ』云々という神話だけだ。

あの石が不思議である事は、既に身に染みて理解している。

そうではなく、連中があの石を欲する理由だ。

何か叶えたい願いでもあるのか？　しかし、その肝心の『願いを叶える方法』などは、一切伝わっていない。

しかも、子供であっても信じるか分からないお伽噺だ。そんなものに、一族郎党が命運を託すだろうか。一国を傾けてまで欲する理由としては、少々足りないのではなかろうか。

様々な文献を当たる中で、あの石が登場する『宗教』を見つけた。

我々と同じ主神を崇めながらも、教義や神話の解釈で齟齬（そご）を生み、現在の主派から分離していった一派だ。

その一派は小さなコミュニティを形成し、とても閉鎖的で排他的である事と、狂信と言っていい程の教義への忠誠で知られる、とされていた。

その一派のコミュニティは、シュターデンの故国にあった。二百人ほどの、小さな集落だそうだ。

彼らの聖典では、あの石は精霊から彼らの始祖が授かったもの、とされている。

この国では『精霊から授かった石』や『精霊の石』と呼ばれる石だが、彼らはあれを『嘆きの石』と呼んでいる。

本来の主である彼らの手を離れ、我が王家に簒奪された事を、石はずっと嘆き悲しんでいるのだ、と。『石の怨嗟の声を聴く』などという異能者も存在するらしい。

まさか、シュターデンはその一派なのか？　そんな『石の怨嗟の声』などという話を、心底信じているのか？　その為に、宝物庫からあの石を奪おうとしているのか？

この一派は、主派の教義を軸に考えた時、教義や道徳が反転していると言って差し支えない程に歪んでいるのだ。

通常の主派の教義では、無益な殺生や盗みなどは禁じている。だが例の一派の教義では『強き願いを持つ者は、強き力を揮うに能う』と謳うのだ。つまり、どうしても金が欲しければ盗んでも仕方ないし、憎い相手であれば殺しても許される。

むしろそれこそが、神の御心なのだと。

そんな教義を掲げた上で、それを盲信するのだ。しかも狂信的に。

故にこの一派は、様々な国家で『要注意』とされている。彼らであれば、どのようなとんでもない事でも、『神の御心』のままに実行してしまうからだ。

我が国には、この一派の信者は居ない……とされている。だが、国民一人一人に、入信している宗教を訊ねて回った訳ではない。心の奥で何を信奉しようが、そんなものは他者からは知る術がない。

繋ぐ糸としては強引である感は否めないながら、私はとりあえず、シュターデンがその一派であるならば……というところから仮説を組み立てる事にした。

一応、宝物庫に収められた他の品物に関しても調べてみたが、シュターデンと繋がりそうな品物が見当たらなかったからでもある。


さて、シュターデンが入信しているかもしれない一派の厄介なところは、外側からそれと分かる象徴のようなものがない事だ。

異教の過激な宗派などは、刺青や焼き鏝（ごて）などを入れるものもあるが、そういったものもない。

本当に、連中の心の中だけに、信仰も教義もあるのだ。

更に一派の教義を調べていくと、『一切の改宗を認めない』というものを見つけた。棄教も許していない。

世界の宗教について書かれた書物によれば、この一派は親が信者であるならば、その子も生まれ落ちたと同時に入信させられる。そして物心もつかぬ内から、普通の子らなら童話や童謡などを教わるだろうが、そういったものではなく教義を刷り込まれる。

彼らにとってそれらは『狂信』でも『盲信』でもない。『ただ当たり前に教義を守り、正しい道を歩んでいる』だけなのだ。

百年ほど前に移住してきたシュターデンがその一派であったなら、今でも『嘆きの石』を求める事に不思議がなくなってくる。

そして『教義』という絆によって繋がった、彼らとは一見縁のなさそうな者が居てもおかしくなくなる。『一回目』のあの時、城のあちこちに散らばっていた数多くの『国や私を害する者たち』に、シュターデンに協力する明確な理由が出来る。

私の敵は『シュターデン』という一つの家やその親類縁者ではなく、『ある特定の宗教一派』である可能性が出てきた。

そしてそれは、私を殺す敵であると同時に、国を滅ぼす敵なのだ。


何としても見極めてやる。

そしてこの『やり直し』を終わらせる。

私は死んだりしないし、この国だって好きにはさせない。

改めて、そう心に決めた。

まずは入国の記録だ。シュターデンの故国から来ている者は、他に誰がいるか。その人々が、シュターデンの計画に加担する可能性は極めて大きい。

彼らが例の一派であったとして、そもその一派はごく少数だ。シュターデンの故国からの来訪者の大多数は関係ないだろう。

それでも一応、入国の記録を確認し、直近の二十年程度の入国者はリストに挙げた。まあ、挙げたはいいが、使い道はその時点では特に無かったが。


シュターデンの動きは、人を使って見張らせている。……とはいえ、あの家の者は何をしているのか、家を出る事が殆どない。

シュターデン家は現在、三人家族だ。『大旦那様』と呼ばれる先代伯爵、シュターデン現当主、そしてその妻だ。……この『妻』は、シュターデンが例の一派として、その事実を知っているのだろうか。彼女に関しては、国に届けられた名前以外、何も分からないに等しい。……言ってしまえば、本当にそんな女性が居るのかすら怪しいのだ。

これも調べる必要がある。


そして後は、フィオリーナだ。

この正体も良く分からぬ家に、養女として迎え入れられた娘。

ただ私は、一回目での彼女を知っている。故に、彼女がそういった異教の信者でない事は分かっている。そういう類の嘘が吐けるような娘でもない。

殺生は良くない事、怖い事と言っていたし、盗みも嘘を吐くことも「悪い事」と言っていた。それらは私の知る主派の教義と同じだ。

ならば何故、あの少女はシュターデンに養女に入ったのか。

出奔した兄の子、という触れ込みであった。けれども、シュターデンが異教の徒であった場合、そんな子供を引き取る理由がない。

貴族の家系の生死などは、貴族院の名鑑にざっくりとであるが記載される。その記録によれば、シュターデンの兄が出奔したのは事実であった。フィオリーナが生まれる四年前だ。その年に出奔し、現在は『生死不明』となっている。

シュターデンの者の言によれば、兄とやらは市井に愛する女性が居て、彼女と駆け落ちを云々という理由なのだが、『シュターデン家の長男』だ。他宗教の女性と駆け落ちなどするか？

それに、ただ家を出るのではなく『出奔』だ。相応の理由がある筈だ。……例えば、その兄が改宗なり棄教なりを望んだ、だとか。

もしそうだとすれば、その兄は恐らく、既にこの世に居ない。

そしてもしもフィオリーナが真実シュターデンの血を引いているとしても、改宗なり棄教なりを望んだ者の子など、彼らからしたら唾棄(だき)すべき異端だ。というのに、その子を引き取る理由は何だ？

王都にとて孤児は居る。近郊にも養護院はある。そこから子を引き取るのではなく、何故フィオリーナだったのか。

その理由が分かれば、もう少し何かはっきりするかもしれない。

●●●◆●●●

「すごい……！　近付いてる！　クリス様、じりじりと近付いてますよ‼」

思わず拳を握ってしまった。

いっけなぁ～い☆　淑女のやる動作じゃないゾ、セラフィーナ☆　……猫はどこや。私の可愛いつやつや猫ちゃんは。

しかしクリス様は恐らく、『やり直し』の中で『私』をご存知だ。「猫ちゃん？　ああ、あの子なら出て行ったよ。あれは、そう……、寒さが骨まで沁みるような、そんな雨の日だったねェ……（煙草プカー）」とでも言いそうな、被る猫など放り投げた私を。

ぐぐっと拳を握る私に、クリス様は「ふふ」と小さく笑われた。

「とはいえ、私にはまだ雲を掴むような話だったけれどね。点と点が繋がりそうではあるけれど、繋げてしまって良いかも分からない。そういう状態だ」

◆

一回目に見聞きした様々な事を、朧げにしか覚えていない。それがとにかくもどかしい。

確かに聞いた筈なのに、見た筈なのに……という事が多すぎるのだ。

フィオリーナの身の上話にしてもそうだ。

彼女は何という村の出身と言っていただろうか。私は確かに聞いた筈なのだ。

国内の詳細な地図を見て、小さな地名一つ一つを眺めていく。何か引っかかるものはないだろうかと期待して。だが、フィオリーナの言っていた事だ。彼女が口にしていた村の名が、その村内だけの通称である場合もある。そしてフィオリーナであれば、皆が通称で呼んでいたならば、『きちんと国に届けられた正式名称がある』などという事には気付かないだろう。

そうだとしたら、完全にお手上げだ。

地図を当たりながら、ふと気付いた事があった。

当たり前過ぎて考えもしなかったが、彼女の名前『フィオリーナ』だ。この国では少々珍しい、異国風の名前。

真面目に学習したおかげもあり、『一回目』には気付けなかった彼女の名前の違和感に気付く事が出来た。

確か、そうだ……。二百年ほど昔、その語圏の者たちを大量に移民として受け入れた地域がある。

そしてその周辺では未だ、方言のようにその語圏の単語などが残っている。

もしやフィオリーナは、その辺りの出身なのでは？

その地域の地図を隈なく探し、「恐らくここだろう」という小さな集落を見つけた。

私は城の隠密に、そこへ行きフィオリーナという娘が居ないか探してきてくれ、と頼んだ。

◆

名前が……！　イタリア・ドイツ連合軍な名前が……！　まさかのヒロインちゃんの出身地の鍵になるなんて……！

でもまあ、そりゃそうか。

私の『セラフィーナ』は、フツーにこの国で珍しくない名前だ。クリス様だってそうだ。珍しくないのは、『同じ語圏であるから』だ。

そこにある別語圏の名前は、『そこに暮らす人』からしてみたら、ちょっと珍しく感じるものだ。

地球においても、英語圏にイタリア語圏やドイツ語圏の名前があったなら、ご先祖がそちらの出身だったのかな？　と考えても何もおかしくない。

「……で、彼女は見つかったんですか？」

訊ねると、クリス様はくすっと笑われた。

「見つかったね。……しかも私が頼んだ隠密の腕が良かったのか、様々な事を聞き出してきてくれてね。フィオリーナの父親というのは、彼女が二歳の頃に事故で亡くなったそうだ。そしてその父親というのは、彼女の母の幼馴染で同じ村の人間だという事まで分かった」

「すごい……」

隠密スゴイ。

感心する私に、クリス様は呆れたように笑った。

「予想以上の成果に驚いて、隠密に『誰からどうやって聞き出したのか』を訊ねたのだけれど……。その隠密はなんと、フィオリーナの母親自身からそれらを聞き出してきたそうだ」

「え⁉　本人から⁉」

どうやって⁉

「そう。『一人放浪の旅をする旅人』の振りをして、フィオリーナの母親に道を訊ねる風に声をかけたのだそうだ。……そして呆れた事に、そこから二人で二時間もお茶をしながら世間話をしたのだそうだ。その会話の中で、フィオリーナの母親がそう言っていた、と」

……隠密のコミュ力がスゲェ……。

「あと、フィオリーナはひよこ豆が嫌いで、スープに入れてもいつも避ける、とか。フィオリーナの母は最近、天気が崩れる度に膝が痛むようになって辛い、とか……」

隠密……、それ、報告する必要なくねぇか？

「まあとにかく、その時点で私は十歳だった。フィオリーナは九歳だ。彼女がシュターデンに拾われるまでに、あと八年。そして、彼女の母親が亡くなるまでも、あと八年だ」

◆

これではっきりしたのは、フィオリーナという娘は、シュターデンとは全く縁もゆかりもないという事だ。

フィオリーナの母がはちみつ味のクッキーを焼くのが得意、というどういう顔で聞いたら良いのか分からない情報以外にも、隠密は様々な事柄を世間話ついでに聞き出してくれていた。

その中で有益であったのは、フィオリーナの母は今の自給自足の暮らしに限界を感じている、という話だった。

生活自体に不満があるのではない。

フィオリーナの母という女性は、過去に足に大怪我を負っているらしい。現在、歩くにも走るにも不足はないのだが、無理をすると膝が痛み曲がらなくなるのだそうだ。その身体での農作業が少々辛い、と。

けれど、フィオリーナより読み書きは出来るとはいえ、学はない。計算も出来なくはないのだが、得意ではない。その自分が街へ働きに出たとして、上手くやっていけるのだろうかという不安が強く、今の生活を続けるしかないか……と半ば諦めている。

それに自分が働きに出て家を空ける事になってしまうと、幼いフィオリーナの面倒は誰が見るのか、という問題もある。

フィオリーナは年の割にしっかりした子ではあるが、幼い事には変わりない。

どうしたものかしらねぇと、少しだけ困ったように笑っていた、と言っていた。

そこで私は考えた。

連中がフィオリーナに目を付ける理由として、フィオリーナが孤児である、という理由は大きいだろう。

いかな貴族といえど、肉親が手放そうとしない子を、誘拐同然に養子になど出来ない。というか、それをやったら普通に誘拐だ。

通常、貴族が平民を攫う……というのは、それをする理由が特にないので起こらない事態である。

時折あったとしても、大抵の場合、平民側が泣き寝入りをする事が多い。だが、犯罪は犯罪なのだ。

……表に出辛いだけで。

フィオリーナの状況を変えてみるか？

そしてそれをした事によって、他に何がどう変わるのかを見てみよう。

少なくとも、私の十八の生誕祝賀の宴での出来事は何かしら変わる。

私は隠密に、フィオリーナの母は引っ越しなどは厭わないのだろうかと訊ねてみた。

返事は「恐らくは承諾するとは思われますが、彼女はやはり生まれ育った土地に愛情が強いようでもありました」だった。まあそれは当然か。

ならば、彼女は再婚などは考えていないだろうか。

訊ねた私に、隠密が身体を乗り出す勢いで言った。

「良い人が居たら吝かでもないけれど、とは言ってました！　言ってました！」

……そ、そうか……。何故繰り返したかは分からんが……。

「殿下！　私から提案があるのですが！」

どうぞ？

「私が彼女の家へ、彼女の再婚相手として潜入する……というのは、どうでしょうか⁉　体力には自信があります！」

…………あ、うん。


……隠密よ……、貴様、惚れたな……？

つうか、何だこのキャラ濃い隠密……。隠密って、こんなキャラ濃くていいモンなのか……？

「村へ旅立つ日の彼の眼は、希望できらきらと輝いていた……」

遠い目で乾いた笑みを浮かべるクリス様。そうなる気持ちも分かる。この隠密、謎過ぎる……。

「フィオリーナという娘は、とても素直で明るくて、そして貴族の中にあっても見劣りしない愛らしい容姿をしていた。当然、その母親も美しい女性だったようだよ」

「成程……」

美人で朗らかで優しい未亡人か……。

上手くやれよ、隠密。その魚はデカいぞ。釣り逃さんようにな。

◆

隠密には定期連絡を約束させ、他にもいくらかの注意事項を告げ見送った。私が彼に頼んだのは、次の通りの事だった。

まず、家や村に見慣れぬ人物が出入りしたら教えるように。可能であれば、その人物の素性と裏を取って欲しい。

次に、フィオリーナの母は、十年以内に身体を壊す、若しくは死亡する可能性がある。ただそれはもしかしたら、何らかの陰謀に巻き込まれての謀殺である可能性もある。故に周辺には十二分に注意を払っていて欲しい。

特に、飲用の井戸や、農業用水などの毒物の混入が容易な場所には、普段から気を付けてほしい。

そして何らかの異常を感じたら報告して欲しい。

「お任せください！　彼女は私が守ってみせます！」

あ、ああ……、うん……。……まあ、いいか。

別に私は、彼女を守りたい訳ではないのだが……。まあ、結果としてはそうなるのか。

やる気と希望に満ち溢れた隠密を見送り、私は報告を待ちつつ、次の作業に手を付ける事にした。


『これまで』を思い返してみると、一回目が恐らく、シュターデンにとって最も上手く事が運んだケースとなる。

その概要は、五人の友人に話す為に書きだしてある。それと共に、彼らから出た意見を照らし合わせ、何が出来るかを考える。

この私の十歳くらいという頃に、特に目立って起こる出来事はない。事態が動き始めるのは、十八からだ。

けれどそれは、『連中の準備が整って、表舞台へ出てくる』のが、私が十八の年というだけだ。

連中の下準備は、きっと今も着々と行われている。

考えつつ、一回目の概要やそれまでの友人たちとの会話のメモを眺めていて、ふと一つの意見に目が留まった。

公爵令息が言ったのだ。

王子が愚かで担ぎ易かった事が『謎の貴族』に利用されたのであれば、王子自身が担がれぬ程度に知恵を付けたら良いのでは？

そうだ。例えば、一回目の結末。国王が崩御し、貴族が民衆に私刑され、『国家』としての機能が麻痺するという、どこまでが連中によって計画されたものなのかも分からぬ事態だ。結果として最悪まで転がっていったが、奴らに担がれる王子――つまり私に、あの頃よりやり辛いと感じさせる程度の知恵や知識があったならどうなる？

実際、現状としては一回目とは大違いなのだ。

私は使用人たちから遠巻きになどされていないし、両親に見限られてもいない。友人も居るし、手足となってくれる隠密や他の者も居る。

聡明……とまではいかなくとも、少なくとも『常識すら理解せぬ化け物』ではない。

フィオリーナに常識を教え「王子様はスゴいですね！」と言われても、今の私であればきっと、苦笑いで礼を言うのが精いっぱいだ。

……もしかしたら今回は、連中はフィオリーナに接触しないか？　まあ、それはそれで構わないが。……一人の隠密が幸せになるだけだ。良い事だ。……多分。

連中が動かぬのなら動かぬで、それはそれで良い。

ならば今出来る事は何だろうか。

……とりあえず、シュターデンに連なりそうな者と、簒奪派に与していた者を洗うか。

出来そうな事を地道に潰す日々なのだが、『友人が居る』というだけで、それまでの何度かのやり直しと違って楽しい日々だった。

彼らとは週に一度決まった日にお茶をする事になっていた。

それは父と私の教育係とが決めた事だったのだが、初めこそ渋々と登城していた彼らも、次第にその日を楽しみにしてくれるようになっていた。

公爵令息はとても博識で、少々皮肉屋で、けれど国や領地を愛する心を持ち、それらの発展に情熱を注いでいる。高位の貴族でありながら、平民を見下すような事もない。

子爵令息は学者肌で少々気難しい。領地を持たない家で、家は医療関係者が多い。彼も将来は医師になるつもりだという。そんな彼の夢は、平民にも分け隔てない医療を、という壮大なものだ。

侯爵令息は明るく面倒見が良く、いつも楽しそうに笑っているのだが、その実一番『人』を見ている。「笑顔は最大の武器ですよ、クリス様」と、人懐こい笑顔で言われた。……恐ろしい、と思った。

公爵令嬢は女性ながらに学問が好きで、本当は遠方の学術院に留学してみたいのだ……と言っていた。だがそれは、彼女の家から許可が下りていないそうだ。理由は「女が学問など究めてどうするのか」というものだ。何と答えたのか訊ねたら「どうもしませんが、と答えました」と返ってきた。……その答えがまずかったのでは？

そして、侯爵令嬢は――。

遠い遠いあの日、一回目の五歳の顔合わせの日、私が一目惚れをした相手だ。

『人間の心の機微』など分からぬ化け物であったから理解できていなかったが、私はあの日、間違いなく彼女に恋をしたのだ。幼いという事以前に、心の機微に疎い化け物は、それをそれと気付かなかったが。

その彼女に、私は二度目の恋をしていた。

一回目の時と違い、私の言葉に返事をくれる。笑ってくれる。名を呼んでくれる。

……一回目の時は、冷え冷えとした温度を感じさせない声で「殿下」と呼ばれていた。どれ程嫌われていたのか、それだけでも良く分かる。

私が「セラ」と呼ぶ度、「私の名は『セラフィーナ』です、殿下」と訂正されていた事からも、相当に嫌がられていた事が分かる。

◆

……ホンっっトーーーに、嫌いだったんだろうなぁ、セラフィーナ。好きになれる要素、ほぼないもんなぁ……。

あとねぇ……、クリス様がさっきからずっと、こっち見てにこにこしてらっしゃるのよ……。ちょっとそっち見らんないのよ……。こうも臆面もなく「恋してた」とか言われると、『今』の私じゃないとは分かってても、なんか恥ずかしいのよ……。

「セラ」

笑みを含んだ声で呼びかけられ、「はい」と返事をすると、クリス様の小さな笑い声が聞こえた。見らんねぇ……。クリス様方面が見らんねぇよ……。

「セーラ」

「……何でしょうか」

くそぅ……、面白がってる気配がするぜ……。そっち見らんないから分かんないけども。

クリス様がくすくすと笑う声がする。

……今度は私が顔を手で覆いたい気持ちなんすけど……。

「セラフィーナ・カムデン侯爵令嬢という少女は何だか風変わりで、目の離せない子だった」

『風変わり』……。微妙な切なさを感じさせる表現でございますよ、クリス様……。

「初めて顔を合わせてから暫くの間は、彼女は髪をきっちりと結い、その身分に相応しいドレスを着用して登城していた。……が」

が、と来たぜ……。

猫ちゃん……。猫ちゃんの活躍に期待しようじゃないか……。きっとクリス様と同い年のセラフィーナは、つやつやの毛並みの愛くるしい猫ちゃんを被っている筈だ。

……逆接の接続詞出てきてる時点で、ヤベェ気配しかしないが。

「一年も経つ頃には、まず髪が『とりあえずハーフアップにしただけ』のようなおざなりな結い方になった」

猫ちゃん、大脱走‼　早い！　猫ちゃん、足が早い！　サバ並みに足が早い‼

「初めの頃はきちんとしたドレスだった筈の服装も、どんどん『この程度の品物であれば、城でも恥ずかしくなかろう』とでも考えているかのように、質素に簡素になっていった」

猫なんて、居なかったんや……。

今度こそ本気で、私は顔を両手で覆ってしまった。これは恥ずかしい……。

気を抜き過ぎだゾ、セラフィーナ☆　いやマジでお前、何してくれとんねん。『今』の私でも、そこまで気は抜いてないぞ。

顔を覆って項垂れる私を、クリス様はやはりくすくすと笑って見ておられる。

ああ、笑うがいいさ！

「それまでの私の知るご令嬢というのは、精々がフィオリーナだ。公爵令嬢も少々変わり者ではあるけれど、セラは更に変わっていた」

やめて……。クリス様、もうやめて……。セラフィーナのライフが、ぎゅんぎゅん減ってるから

……。

「自分は侯爵家を継げないから、大人になったら『やりたい事』をやるのだ、といつも楽しそうに言っていた」

それはまあ、今もそう思わん事はない。

私の現状としては大人になったら王太子妃になるのだが、それがなければきっと、広い世界へミステリーをハントしに行っただろう。……行ってみてぇ。世界の不思議を発見してぇ……。スーパーセラフィーナちゃんを没シュートされても行ってみてぇ……。

あと、クリス様の仰る『私では侯爵家を継げない』というのは、単純にこの国では女性当主を認めていないからだ。貴族で女児しか居ない家は、普通に婿養子を取るか、縁者から後継を選ぶ。

まあ我が家には兄が居るので、特に後継問題に頭を悩ませることはない。

――と思ったのだが、クリス様の次の言葉に仰天した。

「家の事は弟に任せれば問題ないだろうから、自分が無理に婿を取るような必要もないだろう、と」

「弟⁉」

って、ダレ⁉　私には性格ねじ曲がった兄しか居ませんが⁉

詰め寄る勢いでクリス様を見た私に、クリス様は何故かにっこりと笑った。

……何すか、その笑い。

「やっとこっちを見てくれた」

えらく嬉しそうな声で言われ、私はまたバツが悪くなり視線を逸らした。

慌てて不自然に視線を逸らす私に、クリス様はやはりくすくすと笑っておられる。ライフが……、ライフが減っていくよぅ……。

「あの、クリス様……、私の『弟』というのは……？」

話題を戻さねば！　クリス様の甘ぁい雰囲気を何とかせねば……！

「君の弟は私たちより二つ年下で、ローランド・カムデンという名の少年だ」

「兄……ですが……」

ローランド・カムデンとは、紛う事なき我が兄の名前だ。

今日もここへ来る前に挨拶をしたら、「お城の廊下を走ったりするんじゃないよ？　段差にも躓かないように気を付けなさい。あと、幾らソファがふかふかだからと、その上で飛び跳ねたりするんじゃないよ？（どれかやって来なさい。面白いから）」と言われた。相変わらず、副音声が煩い。

その兄が、弟……。……かっわいくねぇ……。

可愛い弟に「おねぇちゃん」と呼ばれたいのに……。アレが弟になっても、可愛らしさが見出せねぇ……。

というか、クリス様の二つ年下と言ったか。それは現在の兄と同様だ。

……という事は何だ？　クリス様の繰り返された『やり直し』の中で、今回の私の年齢だけがおかしな事になってる……？

「ローランドも、今と変わらず優秀な人物だった。確かに、侯爵家は彼に任せて問題はないだろう。だからセラは、家で弟に気を遣われて過ごすより、世界を見て回りたい、と言っていた」

ああ……、行き遅れのお姉ちゃん居ると、そりゃ弟は気を遣うわね……。その両者にとって針の筵に座り続けるくらいなら、旅にでも出た方が建設的だわね。

「この国しか知らないから、世界でもっと不思議なものを沢山見てみたい、と。……『ミステリーをハントしたい』と言っていたかな」

クリス様もうやめて。セラフィーナのライフはゼロよ……。

ねえ、セラフィーナ、貴女はどこまで気を抜いて生きる気なの……？『今』の私が、どれ程居たたまれない気持ちになってるか、分かっているの？

きっと『やり直し』の中のセラフィーナにはまだ色々とやらかしがある、にスーパーセラフィーナちゃんを賭けてもいい。

「言動は型破りなのだが、きちんとすべき場では一端の淑女らしく振る舞ってみせる。公爵令嬢はそれを見て『いっそ見習いたい程だ』と言っていた」

猫ちゃん、逃げてなかった！

……あー……、その五人、ホントに仲良かったんだ……。

私の友人として、という名目で集められた五人だが、うち二人が少女だ。当然、この二人の少女は『妃候補』という側面を持っていた。

私がもしも、二人の内のどちらかを妃として選んでも、何の問題もなかった。逆に、選ばなかったとしても特に問題はない。その辺りは、あちらの家にも事前に通達してあったそうだ。公爵家にしろ侯爵家にしろ、妃となるに不都合は特にない。特に『王太子妃』や『王妃』という椅子に色気がある訳でもないから、選ばれなかったとしても『ああ、そうですか』くらいの感想しかない。

『妃』という地位は、王の添え物としての役割が大きいものだが、それでも重圧などはそれなりにある。

外交の場に出る事も多いので、覚えねばならぬ事や、最低限やらねばならぬ事などもある。

そういった事を考えた時、私は相手を選ぶのに躊躇してしまった。

いっそフィオリーナ程に何も出来ぬ娘であるなら、逆に悩まなかっただろう。ああも清々しい程に何も知らぬ娘であれば、教育係も逆に無理は言わないだろうから。

本当の最低限だけを教え、「後は何もする必要はない」と言い聞かせて終わりだ。……それこそ、一回目の私たちのように。

けれど友人であるこの二人の少女たちは、二人ともが優秀だ。ただの『王の添え物』以上の役割を、周囲は期待するだろう。そしてその期待に応えられねば、勝手に失望する。

そんな地位に、愛する者を就けて良いのだろうか。

うだうだとそんな事を悩んでいられるのだから、本当にそれまでの『やり直し』と違い、余裕のあるものだとつくづく思ったが。

それに私には、その『やり直し』という問題もあるのだ。

やり直さずに済む人生であるならば良いのだが、全てが上手くいかない限り、私は二十五歳前後で死んでしまう。早世する王太子の伴侶など、恐らく楽な人生ではないだろう。

……いや、私が死なねば良いだけなのだろうが。

問題を解決しない限り、伴侶などは持てそうにないな、と、その問題は先送りする事に決めた。

その決心を後悔するのは、やはり十八の生誕祝賀の宴の日になるのだが。


フィオリーナの村に送り込んだ隠密からは、定期的に文が届いていた。

彼はあちらへ行った半年後には、どうやったものかフィオリーナの義父の立場に収まっていた。

定期連絡の手紙と一緒に、『再婚のお祝いで、村の皆に配ったものです。よろしければ、殿下もどうぞ』と粉菓子が同封されていた。……浮かれすぎてやしないか？　と思ったが、まあ、めでたいのは事実だ。

炒った小麦か何かの粉と、砂糖やはちみつを混ぜて固めた菓子だった。可愛らしい野の花の形に固められていて、香ばしく素朴な味で美味しかった。

フィオリーナには、城の高級な飾り立てられた菓子より、こちらの方が似合うな……としみじみと思ったものだ。

返礼に、フィオリーナやその母にあげてくれ、と、職人に小さな飴玉を沢山作ってもらって送っておいた。後に、フィオリーナはそれを大切にし過ぎて食べられず、夏の陽気で全て溶けて一つの塊になってしまって泣いていた、という微笑ましいエピソードを聞く事になる。

家のヤギに子ヤギが生まれただの、卵管に卵詰まりを起こして死んでしまった鶏を皆で泣きながら食べたが美味かっただの、「これはお前の日記帳か？」と問いたくなる報告が多いのだが、ある日の報告は様子が違っていた。

隠密がいつもどおり畑仕事に出ようとしたら、農業用の井戸近くに人影が見えたそうだ。

人影は隠密に気付く事なく、隠密と入れ違いになるように何処かへ去っていったらしいが。

彼はフィオリーナとその母に関する事以外には、優秀な隠密だ。私が『水に気を付けろ』と言った事を、きちんと覚えていた。

井戸に細工をするならば、中に直接毒物を仕込むか、桶に細工するかだ。井戸の中に直接……となると、水脈を通って他の井戸にまで影響が出る可能性が高い。それは流石に危険すぎる。

ならば桶か？

『という訳で、井戸から採取した水と、桶をそちらに送りますので、調査をお願いいたします』

と、井戸から外した桶を丸ごと送ってきた。やけに大きな荷物が届いたので、何事かと思ったら、中身は丸ごとの桶だった。

……優秀なのだが……、やり方がどうかと……。

採取したという水は、きちんと送ってきた桶以外の桶から汲んだものだ。優秀……なんだがな……。

城の医局で解析してもった結果、桶から少量の毒物の反応が出た。水からは特には何も検出されなかった。

農業用の井戸なのだが、別に飲めない訳ではない。そしてフィオリーナの母は、農作業中はその井戸から水を飲んでいたそうだ。ついでに隠密も、その井戸から水を飲む事はあるそうだ。

そしてフィオリーナはその井戸からは水を飲まないのだと言う。「ちゃんと飲む用のお水がいい」と言って。

シュターデンが動いている。連中は今回もフィオリーナに目を付けた。

一回目とは、『私』の在り様はあからさまに変わっているというのに、だ。

これだけ変えても、連中はまだ諦めない。ならば『諦められない理由』があるに違いない。

百年もじっと機を待っていたのに、『今』動く理由は何だ？　連中からしたら担ぎ辛いであろう、『自立し思考する王子』であっても連中が動く理由とは？

あの連中は、何を焦っている？


とにかく私に分かる事は一つだ。

シュターデンが動いているとするのなら、奴らを何とかせねば私はまた二十五歳で死んでしまうのだ――。

● ● ● ◆ ● ● ●

話が緊迫してきたなぁ……。

ちょっとおさらいでもしとくか。『現場百遍（ひゃっぺん）』だ。私は刑事ではないが、ミステリ読者ならば「ここ怪しい気がする！」というページを無駄なくらいに読み返す心情は理解してくれる筈だ。

「この時点でのクリス様は何歳なのですか？」

「隠密から桶が送られてきた時点では、十三歳だね。二十五までは十二年、十八までならあと五年だ」

簡潔に即答して下さるクリス様、素晴らしいです。

「フィオリーナ嬢のお母様が亡くなられるのも、クリス様が十八の年なんでしたっけ？」

「そうだね。正確に言うなら『私が十八になる年』だから、私が十七歳の内の一年間……かな」

という事は、桶に毒が仕込まれてから、ヒロインちゃんのお母さんが亡くなるまでには四年の猶予があるのか……。

「桶に仕込まれていた毒というのは、体内に蓄積する系統の物なのですね」

「その通りだね。体内に留まり、ゆっくりと着実に臓器を蝕んでいく。……それで亡くなったのが要人などであるのならば、その遺体を検める事なんかもあっただろうけれど、辺鄙な農村の女性が体調不良で亡くなった事を怪しむ者なんかはまず居ない」

そりゃそうだ。

政敵なんかが居るような人物であれば謀殺も疑われるだろうけれど、善良な農民が一人亡くなって「暗殺されたに違いない！」なんて誰も思わない。というか、そんな事を言いだす人が居たら、陰謀論者か何かだと思われそうだ。

「……つくづく、隠密の働きに感謝ですね……」

辺鄙な農村に暮らす、善良で美しいが特に変わった点がある訳でもない女性の身辺警護……などという、意味の分からな過ぎる依頼を確実にこなしてくれている彼に。

……まあ彼は、ただ普通に『ハッピー・スローライフ』を送っているだけのような気もしないではないが。

「そうだね。彼が特に何の疑問も抱かず、私の意味不明であろう依頼を遂行してくれていた事には、本当に感謝しかない」

苦笑しながら言うって事は、クリス様もやっぱり、隠密は『幸せ農村生活』を満喫してるだけ……とか、ちらっと思ってますね？

まあ、それはさて置き。

「フィオリーナ嬢のお母様が、彼女が十六歳を過ぎても存命であれば、確実に『何か』が大きく変わる……」

「その通りだ」

私の言葉に、クリス様が頷く。

「それ以前のやり直しでは毎回、フィオリーナは『フィオリーナ・シュターデン』という『伯爵令嬢』として、私の十八の生誕祝賀に現れる。けれど、彼女の母親が存命であれば――」

「フィオリーナ嬢は、伯爵家へ養女として取られる事もない」

微笑んで「その通り」と頷くクリス様に、私も頷き返した。

確かに、ヒロインちゃんの存在は、ものすごい大きなカギなのだろう。『乙女ゲーム後日譚』がイコールで『国の破滅』なのだとしたら、ヒロインちゃんが舞台に上がった時点で詰みだ。

そこに自力で辿り着いたクリス様、すげぇわ……。

とりあえず、今の時点でクリス様がやっている事は『シュターデンの動きを見張る事』と、『ヒロインちゃんの境遇を変える事』だ。

果たしてそれが、どんな結果になるのか……。

「クリス様、お話の続き、お願いします」

不謹慎かもしれないが、ちょっとワクワクしつつクリス様を見た私に、クリス様は少しだけ楽しそうにくすくすと笑われた。

「では、続きを話そうか――」

閑話　フィオリーナ・シュターデンという娘について

話が長くなり過ぎてしまう為、敢えてセラには話さなかった事柄が幾つかある。

その中の一つが、フィオリーナ・シュターデンという女性についてだ。


彼女の為人は、セラに話した通りだ。朗らかで明るく素直。天真爛漫な少女。

致命的に『貴族社会』というものに向かない性格だ。

人を疑う事を知らず、嫌う事もせず、一日の始まりと終わりには神への祈りを欠かさない。

きっと、生まれ育った農村でそのまま暮らしていたなら、ささやかながらも得難い幸福な人生を送れたであろう少女。


シュターデンが彼女に目を付けた理由は、幾つかある。

奴らがどのような条件で『子供』を探していたのかは正確には分からなかったので、幾らかは憶測となるのだが、当たらずとも遠からずというところではないかと確信している。


まず一つ目の理由は、『親類縁者が少ない事』だ。

奴らは見つけた子供を『己の縁者』として囲ってしまおうとしているのだ。合法的に連れ出すにしろ、非合法に攫うにしろ、それを後からごちゃごちゃ言われる事だけは避けたいだろう。

そう考えた時に、一番都合の良いのは孤児だ。

特に、養護院などにも属していない、ストリートチルドレンのような子供なら最良だ。

残念な事ではあるのだが、王都にはそういう子らはそれなりに居る。けれど、奴らには『手近に王都の孤児で済ます』という選択肢はなかった。

二つ目の理由として、『その子のバックグラウンドを、貴族が簡単に知る事が出来ない』事があるからだ。

ストリートチルドレンとはいえ、王都に暮らしている子らであれば、僅少であったとしても『貴族の誰かがその子を知っている可能性』が出てきてしまう。

奴らの計画では、見つけた子を『失踪した兄の落胤』という事にしたいのだ。

縁も所縁もない子を引き取りその子を養子にしたところで、元が貴族でない『養子』では『生来の貴族』と比べ様々な権限で劣る。それを避ける為だ。

手近な王都でそれらしき子供を見繕ったとしても、誰かが「あの子は王都の路地裏の孤児じゃないか」と言い出したなら、全てが水の泡だ。

それに、王都の孤児たちというのは、学はないが知恵の働く者が多い。それは『生きていく為に』必須であるからだ。たとえそれが『悪知恵』であっても、知恵は知恵だ。だがそれもシュターデンからしたら、ただ厄介なだけな資質であっただろう。

そう。三つ目の理由は、『余計な知恵の働かない者』なのだ。

操る駒に意思を持たれては、思い通りの盤上を描けない。ましてや、自分たちのやろうとしている事を気付かれでもしては、操る筈のシュタ―デン自身も動けなくなってしまう。

権謀術数に疎い者――言い換えたなら、『愚かな者』だろうか。賢しく『人の裏を読んでやろう』などと考えぬ者こそ好ましい。そういったところだろう。

そして恐らく、最後の理由は『髪か目の色が、出奔した兄に似ている』事だ。

シュタ―デン伯爵家の者は皆、くすんだような金の髪を持っている。目の色は伯爵とその父とで、多少色合いに差異はあるが、双方とも青系だ。出奔した兄とやらの目の色は分からないが、彼らを見る限り青系の瞳だったのだろうと推察できる。

フィオリーナは見事に、くすんだ金の髪と、青味がかったグレーの瞳を持っていた。

これら条件に、フィオリーナという娘は奇跡的なまでに合致したのだ。

シュタ―デン伯爵家の落胤と周囲に納得させるに充分な、よく似た髪色に青系の瞳。そして平民にしては珍しいくらいに、整った愛らしい容貌。

疑う事を知らぬ素直さは、『騙して操るに最適』という特性となる。

王都から遠く離れた鄙びた農村暮らしである故に、『貴族社会での常識』など知る由もない。連中がどれ程おかしな事を吹き込んだとしても、フィオリーナは「この人たちがそう言うのなら、そうなのだろう」と信じ込んでしまう。

そして彼女の暮らしていた村には、簡単な読み書きを教えるような場所もない。

また、フィオリーナは母親と二人暮らしだ。縁者が全く居ないという事はなかろうが、どうにかしてフィオリーナを村から引き離し王都まで連れてくる事さえ出来たなら、きっと村の住人たちは捜索などは諦めてしまうだろう。

それ程に、フィオリーナの暮らす村というのは、辺鄙な場所にあるのだ。

それに、後に聞いた話だが、フィオリーナの暮らす村というのは、全員が生きるに精一杯で、他人の事を事細かに気にかけるような余裕がないそうだ。農閑期であれば多少の交流などはあるようだが、それも然程濃いものでもないらしい。

もし子供が一人居なくなったとしても、村人が気付くのが数か月の後になってもおかしくないのだ。

連中の探していた子供の条件にぴったりとはいえ、よくもまあ探し当てたものだと感心してしまう。

そうして厳選され連れてこられたのが、フィオリーナという娘だ。

『一回目』、私は彼女を妃にと選んだ。結果は、あの通りだが。

では、私が彼女を妃へと召し上げなかった場合、どうなったかというと。

十八の生誕祝賀の際、フィオリーナが何故あんな時間にあんな場所に居たのかと、彼女を尾けてみた回。

私は、庭に佇む彼女に声を掛けなかった。

私の代わりにフィオリーナに声を掛けたのは、職務に忠実な一人の騎士だった。

フィオリーナは不審人物として捕らえられ、その後、シュターデンに引き取られていった。

あんな時間にあんな場所に居るのは確かに不審であるが、彼女に何の思惑もない事は私は知っている。すんなりと釈放されるのも納得だ。

その後、フィオリーナの姿を王城で見る事はなかった。

どうやら彼女は、自分を捕らえた騎士と恋仲になったようだ。それ以降の事は、私では知りようがなかった為、結末がどうなったのかは分からない。

けれど相手は騎士だ。国が荒れた際、騎士たちは民衆側に付いた。

どのような結末であったにしろ恐らく、『民衆の怒りを鎮める為の公開処刑』などよりはましな結末であったのだろう。

その次の回も、もう一度、同じ十八の宴の際のフィオリーナを尾けてみた。

庭に佇む彼女に声を掛けたのは、前回と同じ騎士であった。

そしてやはりその後、彼女を見かける事はなかった。


そこから更に何回かやり直し、十八の宴になる度、私はフィオリーナの動きを確認した。『考える』という行動を突き詰める事の苦手な化け物であったが、それでも、彼女が何かの鍵になっているのでは……と朧げには分かっていたからだ。


ある回では、庭に佇むフィオリーナに声を掛けたのは、騎士ではなくとある侯爵だった。

その侯爵が何故そんな場に居たのかは分からない。まあどうせ、碌な理由ではないだろう。何故ならば、その侯爵は『簒奪派』の中核とも言える人物であったからだ。

これらから分かるのは、あの日動いていたのはシュターデン一派のみではない、という事だ。

何か良からぬ密談でもしていたか、それともただ単に、誰にも聞かれる事のない場所で『王権を与えるに相応しくない愚か者』の愚痴でも零していたのか。何をしていたかは定かでないにしろ、その頃には『簒奪派』も既に燻り始めている事だけは確かだ。

フィオリーナに目を留めた侯爵は、彼女を広間まで案内してやり、その場を去っていった。

暫くして後、その侯爵の嫡男とフィオリーナの婚姻許可の申請書が提出された。

またある回では、フィオリーナは化粧室を出て、きちんと曲がる方向を間違えずに広間まで戻ってきた。

そういう事もあるのか、と、素直に驚いた。

広間に戻った彼女は、シュターデンに連れられ幾人かの貴族に挨拶をしていた。

後にまたフィオリーナの名前のある婚姻許可を目にしたが、相手はやはり『簒奪派』の伯爵令息であった。

そういった具合に、フィオリーナの相手となる人物は、私が声を掛けなかった場合、実に様々であった。

初めの騎士は民衆派。次の侯爵令息、伯爵令息は簒奪派。他にも簒奪派の公爵家次男や、その日招待されていた豪商の次男などなど。

簒奪派の家へ嫁いでいった場合は、恐らく悲劇的な結末を迎えただろう。

騎士と商人の息子の場合は分からない。ただ、騎士は民衆の敵ではなかったし、商人という人々は『機運を見る目』を持っている。私の妃に収まった場合や、簒奪派に与した場合よりましな結末があったであろうと祈るしかない。

そして一度だけ、私は化粧室を出たフィオリーナに声をかけた事がある。

どうしても不思議だったのだ。

一つ角を曲がれば良いだけの道順で、どうしてその『たった一つの角』を逆に曲がってしまうのか、と。入り組んだ道を迷うのならば、理解は容易い。けれど、たった一つだ。間違う方が難しいのでは？　と。

化粧室を出て、やはり当然の如く逆方向へと歩き出そうとしていたフィオリーナを呼び止めた。

……「おい」と。

……女性を呼び止める声の掛け方ではない。それでも、それ以上余計な言葉を付け加えなかったのだから、当時の私としては上出来な方だろう。……非常に情けない話だが。

「逆方向だ。広間は向こうだ」

呼び止め、彼女が歩き出そうとしていた方向と逆を指さした私に、フィオリーナは己の行動を恥じるように僅かに頬を染め、はにかんだ笑みを浮かべた。

「あ、そうなのですね！　わざわざ、ご親切にありがとうございます」

慣れぬドレスの裾を不格好に捌きながら、フィオリーナはいそいそと方向転換した。

「何故、逆方向へ行こうとしていたのだ？　……よもや、城の深部に何事か用でもあるのか？」

彼女にそんなものはないと、私は知っていたが。物は試しと訊ねてみた。

するとフィオリーナは、心底驚いたような顔で「とんでもない！」と即座に否定してきた。

「奥へ行きたかったのではなく、広間に戻りたかっただけです」

「だから、戻るのであれば逆方向だ」

「あの、それは……」

僅かに恥じるように瞳を伏せると、フィオリーナは情けなさそうな小さな声で言った。

「私……、右と左を、良く間違えるんです……」

……は？　右と、左を……？

彼女が何を言っているのか分からず、私は思わずぽかんとしてしまった。どちらが『右』で、どちらが『左』か。その程度であれば、常識すら覚束ない化け物であっても即答できるというのに。

「そのせいなのか、道を覚えるのがすごく苦手で……。……えっと、あの……、この廊下をこっちに進んでいけば戻れるんですよね？」

余程恥ずかしいのか、さっさと話題を切り上げようとしているらしいフィオリーナに、私は「そうだ。そちらを真っ直ぐだ」と順路を教えた。

フィオリーナは「ありがとうございます」と礼を言うと、ぺこっと頭を下げ、そそくさと歩き去ってしまった。

五歳時からやり直して後、私はフィオリーナの言っていた『右と左を間違える』という事柄がどうしても気になっていたので、周囲の人々に訊ねてみた。

するると、一人の侍女が「わたくしの娘が、右と左をよく間違えます」と苦笑しながら教えてくれた。

彼女の話によると、正確には『咄嗟だと右と左がどちらがどちらか判断できない』という事らしい。右側から何かが飛んで来ているから、「右側！　危ない！」と声をかけても、「右ってどっち⁉」とまず考えてしまうせいで動けないのだそうだ。

そして、どちらがどちらか分かっていないので、よく道を間違える。「こっちから来た筈」「あっちでは無かった筈」という情報が、左右があやふやなせいで、大分初歩の段階から間違えて記憶されるらしい。

現在九歳という侍女の娘は、未だに家の周囲の道でも迷ってしまうそうだ。

そして、そういう『極端に道を覚えられない』という者は、そう多くはないがそれなりに居るらしい。

つまり、フィオリーナもそういう人種であったのだ。

そういう人々は、侍女が言うには、かなりの高確率で分岐点での二択を外すそうだ。右へ行けば正解のところを、左へ折れる。どう考えても左へ行けば戻れるところを、迷わず右へ折れる。

ならばと「自分が『こっち！』って思った方と逆へ進んでみなさい」と助言したらしいが、それでも見事に迷ったらしい。もうお手上げだ。

恐らくシュターデンは、彼女の『高確率で分岐を間違う』という特性を知っていたのだろう。化粧室を出たフィオリーナは、五割よりかなり高い率で逆へ進む。逆へ進んだならば、その足を止めさせずに歩かせよう。……そういう事だったのだろう。

ある程度以上の奥へと進む事が出来れば、フィオリーナを見つけるのは、『そこへ入る事の出来る身分の者』となる可能性が非常に高くなる。

そこから高位貴族などと縁続きになれたなら、シュターデンが城へ入り込むのも容易となる。

計画としては、そんなところか。

そして私は、フィオリーナのそれらの行動を観察して、気付いた事があった。

それは、『何か小さなきっかけ一つで、その後の出来事が大きく変わる』という事だ。

人によっては「何を当然の事を」と呆れるかもしれない。けれどそれまでの私というのは、過去を一切顧みるなどという事のない愚か者だ。ならば未来を見据えているかというと、それも全くない。

論理的な思考すらほぼしない化け物だ。そんな化け物が考えている事といえば、『今、その時』くらいのものだ。それも、「腹が空いた」だとか、「眠い」だとかの、基本的な欲求に基づいた原始的な思考くらいだ。……本当に、人というより動物に近い。

けれど、何度も『やり直し』を繰り返せば、流石に動物とて学習する。犬や馬の調教と同じようなものだ。繰り返し、失敗する度に痛い目に遭い、そうしてやっと一つの事を知る。

庭に佇むフィオリーナに、私が声を掛ける。すると彼女は、私の妃となる。

それをしなかった場合、騎士が彼女を見つけた。そして彼女は騎士の妻となった。その次の回も同様だった。

その次は、簒奪派の侯爵家に嫁(か)した。

生誕の宴で彼女を尾行した初回・二回目と、フィオリーナを見つけたのは同じ騎士だった。それは特に不思議でも何でもない。彼女を見つけた騎士は、あの庭園周辺の哨戒任務に当たっており、そこが彼の巡回ルートだからだ。

庭園周辺を警備している騎士が彼女を見つける、というのは、とても順当な可能性なのだ。

けれど、三回目以降、その騎士がフィオリーナを見つけた事がない。

これは一体、どういう事だろうか……と、考えてみた。何故、彼女を見つける人物が、そうころころと変わるのか……と。

考えて、辿り着いた結論は、『私がやり直している時点が違う』という事だった。

騎士が彼女を見つけた二回は、私は同じ『生誕の宴の当日』をやり直しの開始時点として選んだのだ。そしてそれ以降は、徐々に時間を遡っていった。

宴まで日数があればある程、そこまでに私の取ってきた行動は変化する。

大した考えもなく動いている為、どの回でどのような行動をとって来たか……という詳細は自分でも良く分からないが。

それでも、そのような考えなしの行動によっても、未来は何かしら変わるのだ。


ならば。

『五歳』という、これまで無かったくらいに十八までの猶予のある回はどうなるか。

変えられる要素は、それこそ山のようにある。

何が変わる？　どのように変わる？

今度こそ、シュターデンを追い詰める事は出来るのか。そして私は、二十五歳を超えて生きていけるのか。

それこそ『神のみぞ知る』というところなのであろうが、『絶対に何かは大きく変わる筈』と信じて動く以外、私に出来る事などないのだ。


そして、『変えていった果て』に『今』があるとするのなら。

私のこれらの話を、君は一体、どのような心持ちで聞いてくれているのだろうか。

禍福(かふく)は糾(あざな)える縄の如し、などと言うが、今の私の状況は果たしてどちらなのだろう。

それもまた、『神のみぞ知る』、か。

番外　俺の『友人』である、曲者王子の話。

幼少の頃、俺は自分を『天才』だと思っていた。

今はそんな事は、微塵も思わない。精々が『ちょっと出来が良い』程度だ。

謙遜などはしないのかと思われるかもしれないが、俺が出来が良いのは事実なのだから仕方ない。


俺はハーヴィー侯爵家の長男として生まれ、長男であるからそれなりにちやほやされて育った。

けれど、ただちやほやされていた訳ではない。

いずれ侯爵家を継がねばならないので、その為の教育はそれなりに厳しく施された、……と思う。

他家と比べたりした事が無いので、正確なところは分からないが。

それでも、理解が及ばない部分などがあると、そこを徹底して叩き込まれたりなどはしていたので、さほど甘々な態度では無かったのではないだろうか。

そんな俺は、『理解力』という点において、同年代の子らよりも群を抜いて優れていた。

半分程度しか分からないような大人たちの会話に、物知り顔で混ざったりもしていた。……まあ、年齢を考えたら、大人の会話を半分理解出来るだけで凄い事ではあるが。

そんな俺を、周囲の大人たちは「この子は天才かもしれん」などと褒めてくれた。

今なら分かる。

あれは、『さも分かっているような顔で会話に混ざって来る子供』が微笑ましくて、冗談半分に言っていた言葉だ。

けれど賢いつもりの俺は、『社交辞令』というものをまだよく理解できておらず、大人たちの冗談を鵜呑みにしていたのだ。


その俺に、転機が訪れたのは、五歳の頃だ。

『自称・天才児』の俺に、王城から呼び出しがかかった。

それを聞いた俺は、この隠しきれない天賦の才が、とうとう城にまで届いてしまったか。参ったな……、などと、後ろ頭に飛び蹴りを食らわせたい事を考えていた。

父が城から持ち帰った招待状には、とても流麗な文字で茶会を開催する旨が書かれていた。

要は、我が国唯一の王子の友人として、優秀であると名高い子らを集めたい、というような話らしい。

俺の他に集められた子供は、公爵家の御令嬢と御令息、そして子爵家の令息だ。全員確かに、優秀であるという話は聞いている。

けれど阿呆な俺は、「まあ、言っても俺が一番賢いだろうけど」などと考えていた。……後ろ頭に回し蹴りを食らわせてやりたい……。

そして、茶会の当日。素晴らしい好天に恵まれた王城の庭で、俺は大小様々な衝撃を受ける事になる。

『自称・天才児』の俺は、『この年頃の子にしては賢い』ではなく、『俺が（多分）一番賢い』と信じていた。

……言い訳をさせてもらうとすれば、まだ五歳でしかなかった俺は、自分以外の『貴族の五歳の子供』というものを知らなかった。ましてや、我が家よりも上位の公爵家の嫡子など、知りようもなかった。その更に上の王子ともなると、公爵家でそれなので察して欲しいばかりだ。

当時の俺は、王子の顔すら知らなかった。

……今にして思えば、自分より断然格上の主催者なのだから、顔くらい知っておけよ、と溜息しか出ないのだが。

けれど当時の俺は、「まあ、現場に行って、最初に挨拶くらいするだろうし。そこで覚えればいいかな」などと考えていた。……もうこの時点で賢くない。アホの子なのかな？　という感想しかない。

そして茶会の席に全員が揃い、俺の（めちゃくちゃ浅い）目論見通りに自己紹介となった。

当然、場を仕切るのは王子だ。

俺はまず、この王子の外見に驚いた。

高位の貴族という人々は、見目麗しい者が多い傾向にある。それは単純に、絶世の美男・美女を血縁として取り込んできた歴史があるからだ。要は遺伝だ。その『美男・美女遺伝子』は、地位が高くなればなる程、濃く深く凝縮されていく。

なので、地位的には頂点である王族という人々は、美しい容姿を持っている傾向にある。

そういう知識はあっても、五歳の俺には『絶世の美男』も『美女』も、ぴんとこないものだった。それは多分、我が家が『美男・美女』から少々遠い顔立ちの家柄だからだろう。

そんな俺にとって王子は、生まれて初めて見る『絶世の美少年』だった。

王子は茶会の席に一番遅れて登場したのだが、彼が「遅れて済まない」と言いながら登場しただけで、その場の空気が変わった。

……キラッキラしてたわ……。

後に公爵令息が「クリス様のような方を『華がある』と言うのだろうね」と言っていて、「それだ‼」と納得した。

王子には威圧感などはない。にこにこと穏やかな笑みを浮かべていて、語り口調もとても柔らかい。けれど、『迂闊に近寄って良いものなのだろうか』と思わせる『何か』があるのだ。

同じ場所で同じようにお茶を楽しんでいても、「この人はこんな場に居ても良いのかな?」と思わせるような。

それがきっと、公爵令息の言うところの『華』というものなのだろう。

しかしそれらは、後になってそう納得したものなので、その場での俺はただただ『王子から発せられる謎のパワー』に圧倒されていた。

そして王子以外の、招待されてきた三人にも、同様に圧倒されていた。

子供なのだから、それ程に深い知識がある訳ではない。けれど、ここに居る俺以外の全員は、既に自身の将来を見据えて、その為に必要な学習に取り掛かっている者ばかりだった。

公爵令息であれば、「恐らくは、いずれ国政に関わらねばならないでしょうから……」と、国際情勢や政治・経済、そして国内の法律などに明るい。子爵令息は代々医師の家系という事で、医療関連に五歳とは思えぬ造詣の深さがある。公爵令嬢は何故か、それら知識などを広く網羅している。

そして王子は、彼らの語る五歳とは思えぬ専門用語だらけの話に、平然とついていっているのだ。語られるジャンルがばらばらだというのに、だ。

……俺、子爵令息の『現代医療の問題点とその改善』の話、ちんぷんかんぷんなんだけど……。

因みに、この時点での俺には『将来なりたいもの』のビジョンなどない。仕方ない。まだ五歳だ。多分、大多数の五歳児はそんな事を考えて生きていない。この連中が異常なのだ。そうだ、俺は正常だ。

この時点で『自称・天才』の俺が修めていたものと言えば、基礎教養くらいだ。その基礎教養にしても、完璧とは言い難い。会話についていけるワケがない。

なので俺は、途中からまともに会話に参加する事をやめていた。……正直に言おう。口が挟めなかっただけだ！　だって公爵令息、あいつ、王子の心を折りにいってたぜ!?　ずっと後になってからこの日の事を聞いたけど、笑いながら「全部、クリス様に躱されてしまったな」とか言ってたよ!?　怖すぎるんだけど！

俺同様に、公爵令嬢も無言で茶を楽しんでいたが、それに関しては「割って入って、要らぬ怪我はしたくないわ」だった。……めっちゃ同感。保身、大事だよな。

そんなこんなで、始まってから三十分もすると、俺と公爵令嬢はすっかり無言で茶を飲むだけの置物と化した。

ただ、『無言で茶を飲むだけ』という行為が許されているのは、有難かった。通常の茶会でこれをやってしまうと、『社交性がない』という烙印を押されてしまう。けれどこの場の四人は、黙って茶を飲む俺をいい具合に放置していてくれた。

それを良い事に俺は、この日の目的を『この場の人間観察』へと切り替えた。

我がハーヴィー侯爵家には、とある特徴がある。それは、『周囲の機微に敏い』という事だ。ある者は国内情勢の流れを敏感に察知する。ある者は市場の相場を容易く読む。そういう、『見えないものを見る目』を持つ者が多いのだ。

……ウチの一族、伝統的に『糸目』なんだけどな。「起きてるのか寝てるのか分からない」って言われるレベルで、目が細いんだけども。

そんな一族出身の俺は、『人を見る目』というものを持っている。何故か、何となく分かってしまうのだ。例えば、人懐こい笑顔の男性が、実は裏ではあくどい事も平気でやれるヤベー人だとか。華麗に微笑む女性が実は、周囲の人の飛ばした何気ない冗談に傷ついている事だとか。

そんなものが、何となく分かってしまう。

そしてその直感は、外れた事がない。

この場に集められたという事は、恐らくは俺たちは王子の側近か何かにと期待されているのだろう。そしてそうなったなら、この先の付き合いは長いものになる。

付き合い方を考える為にも、彼らを観察しておいて損はない。

そんな風に考えを切り替え、ものすごく美味い菓子とお茶をいただきながら、黙って周囲を見ていた。……まあ、話を振られたら返事はするけど。

そうして周りを見る事暫し。

幾らか、彼らの為人が分かってきた。

まず、公爵令息。こいつは曲者だ。笑顔で人の心を折りにくる。でもそれもどうも、人を選んでやっている節がある。何故なら、彼の攻撃対象となっているのは、現在は専ら王子一人だからだ。

そして王子はそれら全てをきちんと躱している。

心を折ろうとしてるというより、力量をはかろうとしてる？　躱すだろうと分かってるから、逆に仕掛けてる……のか？　……アナタ、面倒くさい人だね……。

子爵令息は言葉数が少なく、その少ない言葉で的確に意図を伝えてくる。めっちゃ賢い。あとちょっとぶっきら棒な感じがするけど、多分すげーイイ奴だ。ちゃんと言葉を選んでる。

公爵令嬢は、……何だろう？　俺と同じで、この場の人間を観察してる？　この場の……っていうか、王子を見てる？　見てるけど、王子に惚れた……って雰囲気でもないな。何だろうな？　見た目、ツンと澄ました感じで気が強そうだけど、多分この子もめっちゃイイ子だ。お茶のおかわりを淹れてくれた侍女に、当たり前に「ありがとうございます」って言ってたし。

そして王子だ。

この王子、じっと見ていても何にも分からない。

始まってから、ずっと笑顔だ。けれど実際、一口に『笑顔』と言ってみても、それは多種多様にある。中身のない愛想笑いであったり、苦笑いであったり、楽しかったり、嬉しかったり……。けれど王子の笑顔は、そのどれでもないように見えるのだ。

愛想笑い……というには、穏やか過ぎる。かといって、何らかの感情の発露なのかというと、それにしては温度が低すぎる。

良く分からない。

公爵令息の嫌味スレスレみたいな物言いにも、やっぱり笑顔だ。そして返す言葉や態度は、ずっと変わらず穏やかで品がある。

いや、何かヤベーな？　この王子、ヤベーぞ。

立ち居振る舞いに、隙が無さ過ぎる。本当に人間か？　と問いたくなるくらい、『完璧』に演じている。

そう。『演じている』。

多分、王子の『本質』とでも言うべきものは、今俺が見ているこの『完璧王子』ではない。そこまでは、何となく分かる。じゃあ、何なのか……と問われると、答えがさっぱり分からない。

分かるのは、この王子がこの場で一番の曲者だ、という事だけだ。

悪い人……ではなさそうだ。言葉や態度に「騙してやろう」というような棘のようなものが一切ない。そういうものはないのだが、『真意』のようなものが分からない。

――後に王子本人に、この日のこの態度の『真意』を訊ねてみた。すると王子は「『当たり障りなく』を徹底して心がけていた感じだろうか」と答えてくれた。

……確かに、当たりも障りもなかったけれど、掴み所も無さ過ぎて怖かったですよ。そう言ったら、楽しそうに笑っていた。

◆

初対面のお茶会から半年もする頃には、あの日集められたメンバーはそれなりに仲良くなっていた。

全員、クセも強く面倒な一面もあるが、基本的には善良な人間ばかりだ（俺含む）。そして面白いくらいに性格が被らない。

『自分と違う考えを持つ者』との会話は、中々楽しい。互いに「言い負かしてやろう」などと考えている訳でもないので、純粋に「ああ、そういう考え方もあるんだ」と感心するのだ。

そんな友人たちと出会ってから八年。俺たちは十三歳になっていた。

別に『十三歳』という歳が特別な訳ではない。まだ成人までは五年ある。逆を返せば『五年しかない』。

貴族という人種は大体、成人と同時くらいに結婚する者が多い。相手は人により様々だ。子爵令息などは、幼馴染の平民の少女を婚約者に据えている。……まあこれは、子爵という低めの爵位だからこそ許される事だろうが。

公爵令息は、さる伯爵家のご令嬢と婚約済みだ。お相手が二つ年下なので、彼女の成人を待ってからの婚姻となるそうだが。

公爵令嬢は「まだ考えている途中ですわね……」と言っていた。彼女は公爵家の一人娘なので、婿養子を取り『公爵夫人』となるのか、それとも養子を取り家督を譲り他家へ嫁にいくのか、どちらが良いかを考えているらしい。

俺？　俺はいいのよ。多分その内、なんかイイ感じの縁とかがあって、イイ感じのお嫁さんが来てくれる筈だから。……知らんけど。

そう。問題は俺より王子だ。

普通、地位の高い者ほど、幼い頃から結婚相手が決まっていたりする。それは、周囲を牽制する為でもあるのだが。公爵令息など、その典型だ。公爵家の持つ力を悪用したい者に付け入る隙を与えぬよう、自身の家の派閥から相手を選んでいる。そんな彼が「婚約が決まったよ」と報告してくれたのは、六歳の頃だ。お相手のご令嬢は四歳だ。けれど高位の貴族というのは、大抵がそんなものだ。

だが。

今年十三歳の王子には、未だ婚約者が居ない。

この王子であれば、妃の座を狙うご令嬢も幾らでも居るというのに。それらを全部、のらりくらりと躱し続けて今日まで至っている。

ていうか、マジで王子、そろそろ相手決めないとマズくね？　いくら何でも……。

そんな風に思っていた矢先の出来事だった。

「今日、婚約者を決めたよ」

いつもの茶会の席で、満面の笑みで王子がそう切り出した。

てか、すげーイイ笑顔だな！　いつもの掴み所のない愛想笑い、どーしちゃったのよ⁉

「それは、おめでとうございます」

丁寧に頭を下げる公爵令息に、王子は「ありがとう」とやはりめっちゃイイ笑顔だ。

「……で、未来の妃となるご令嬢は、どなたなのです？」

訊ねた子爵令息に、王子はやはりキラッキラの笑顔で言った。

「カムデン侯爵令嬢、セラフィーナ嬢だ」

言われて、俺も公爵令息も子爵令息も、一瞬「誰？」と考えてしまった。

いや、カムデン侯爵家は知っている。政治の中枢なんかに絶対に出ようとしない、何かちょっと不思議な家だ。時々、お抱えの商会から、謎の大ヒット商品を出したりする。最近では、湯を沸かす為のやかんの蓋に穴を開け、中身が沸騰しても蓋がガタガタしないという「言われてみりゃ当然だけど、今まで気付きもしなかった」発明品がヒットしていた。……最近と言っても三十年ほど前の話だが。

その家の、娘？　……娘なんて、居たっけか……？　俺らと歳の近い息子が居るのは知ってるけど……。

「……カムデン侯爵家に、ご令嬢など居ましたでしょうか……？」

やっぱそこ、まず疑問だよな、公爵令息！

公爵令息の疑問にもやはり、王子はキラッキラ輝く満面の笑みだ。

「居るよ。まあ、私たちより七つ年下だから、君たちが知らないのも無理はない」

「七つ⁉」

あ、ヤッべ。驚き過ぎて、素でリアクションしちゃった。

けれど俺のそのリアクションを咎める者がない。全員、ただただ驚いている。……いや、公爵令嬢だけは平然としてるな。

「……フェリシア嬢、驚かないね？」

思わず訊ねると、公爵令嬢はふっと一つ息を吐いた。

「事前に、聞いていましたもの。驚くのは一度で充分ですわ」

成程。

やっぱ公爵令嬢だけが事前に聞いてたっての、彼女が王子の婚約者候補とかだったからかな……？　ていうか、大人たちはそういうつもりで動こうとしてたみたいだけど、この二人にそういう気がないっての、見てりゃ分かりそうなもんなのにな……。

「いずれ、君たちにも紹介するよ。婚約が成立したばかりで、実は私も、まだ顔を合わせた事はないのだけれど。でも……、きっと君たちも、良い関係が築ける筈だ」

……七つも年下の女の子と？　王子、何言ってんの？

結局その日は、終始ご機嫌な笑顔の王子に面食らったまま終わった。

その半年後。

王子の婚約披露のパーティーが開かれる事になった。

本来、子供なんかはお呼びでないのだが、俺たち四人には王子から直々に招待状がきた。

「中々、彼女を紹介する機会がなさそうだからね。丁度良いから、顔だけでも合わせておいてもらおうかと思って」

そう言う王子はやはり、めっちゃイイ笑顔だった。


パーティー当日は、開始早々ぽかーんとする事となった。

何故なら、「ご入場です」と言われ会場入りした王子とセラフィーナ嬢が、しっかりと手を繋いでいたからだ。

いや、確かにね。七つも年が違うから、体格差はかなりのものがあるのは分かるよ。『エスコート』なんて言っても、セラフィーナ嬢が王子にぶら下がるみたいになっちゃうだろーな、とかはね。

だからまあ、入場時に手を繋いで出てきたのは、百歩譲って良しとしよう。ギリ分かる。

でも、壇上に長椅子が一脚あって、そこに手を繋いだまま並んで座るって、どうなのよ？　……ていうか、セラフィーナ嬢も「えぇ……」みたいな顔して王子を見てるな……。て事はあれ、王子の独断か……。

そんで王子、めっちゃ笑顔だな……。何なの……。

「……彼女の装い、凄まじいな……」

俺の隣で、公爵令息が少々呆れ気味に呟いていた。そう言いたくなる気持ちはめちゃくちゃ分かる。分かり過ぎる。

グリーンからブルーに色を変えるドレスに、豪華な蔓薔薇の刺繍。蔓薔薇というのは『王太子妃』の象徴だ。

「……確か、クリス様がドレス一式をプレゼントする……と、仰っていたか……」

子爵令息の声も呆れている。

そう。

今、壇上の長椅子の上にちょこんと座っている可愛らしい女の子の、その可愛らしさにそぐわない主張の激強な装いは、殆ど王子の手によるものだ。

つうかマジで、王子の主張、強すぎないか？　アレ、誰かに何か言われるんじゃないか？

そう思っていたのだが、案の定でそこをチクっと突いてくる人物が現れた。

ストウ公爵夫人、公爵家の家格第一位のご夫人だ。

『公爵夫人』という肩書きではあるが、彼女はストウ公爵家の一人娘だ。婿養子を迎え、自身は『公爵夫人』に収まっている。けれど実質、ストウ公爵家を取り仕切っているのは彼女だし、それは周知の事実である。つまり彼女は『公爵夫人』という肩書きの、『実質上のストウ公爵』だ。彼女こそが、この貴族界の頂点そのものなのだ。

その夫人にチクっとやられたセラフィーナ嬢は、さぞや戦々恐々としているのでは……と思ったが、そんな事はなかった。

というか、ケロッとしている。強えな！　セラフィーナ嬢！

そしてケロッとしているのみならず、何やら感心したような表情で夫人を見ている。

「……『はぇー……』じゃなくてよ、セラ……」

公爵令嬢の呆れたような呟きに彼女を見ると、声そのままの呆れた表情で彼女はセラフィーナ嬢を見ていた。……公爵令嬢、セラフィーナ嬢と面識とかあんのかな？　何か、セラフィーナ嬢の事、知ってるっぽいけど……？

不思議に思いながら公爵令嬢を見ていたら、彼女に「何かしら？」と睨まれてしまったので、「いや、別に何にも」と答えるしか出来なかった。

チクっとやってきた公爵夫人にやり返したのは、セラフィーナ嬢ではなく王子だった。しかもめっちゃ笑顔だった……。いつもの愛想笑いでなく、公爵夫人に応戦する気満々の、温度の低い棘のある笑みだ。

その笑顔できっぱりと、「セラフィーナ嬢への嫌味やら何やらがあるなら、自分へどうぞ。受けて立つから（意訳）」と言い切った。

これには流石のストウ夫人も驚いたようだ。俺は夫人を何度かお見掛けした事があるが、彼女があれ程にしどろもどろになっている場面というのは初めて見た。いっつも余裕の笑みで周囲の人たちをあしらってるのにな……。

そしてその二人に挟まれたセラフィーナ嬢は、またしても公爵令嬢曰くの「はぇー……」という顔だ。……もしかしなくてもあの子、ちょっと変な子だな？

パーティーはその後、大きなトラブルなどもなく、無事に終了した。

……一つだけ問題があるとするならば、セラフィーナ嬢を先に帰してしまった王子が、その後ずっとつまらなそうな上の空な表情をしていた事くらいだろう。


七つも年下の、政治的にも目立ったところのない侯爵家のご令嬢を婚約者に……など、何らかの政略でもなければ選ばないのではないか。

俺を含め、周囲は皆そういう風に考えていた。

けれど、今日の王子の様子を見て、その考えを改める必要があるという事に、全員が気付いたようだ。

そう。この婚約は、政治判断などに基づくものではない。

ただ単純に、王子がセラフィーナ嬢を好きなだけだ。

王子がセラフィーナ嬢に向ける笑顔の、甘ったるい事と言ったら！　普段の鉄壁の愛想笑いはどーしたのよ、と言いたくなるレベルだ。

自分の娘を妃にねじ込もう……などと考えていた連中は、それを知って大分焦っていたようだった。けれどあの王子が、そんな裏のある家のご令嬢を妃になんて、そもそも迎える筈がないけどな。何故か、あの超曲者王子を侮っている連中が居るようだが、きっとそれも王子の掌の上で踊らされているだけだ。……知らないって、幸せね……。

そんな曲者王子が選んだご令嬢。

俄然、興味が出てきたな。

いつだったか王子が『きっと良い関係を築けると思う』って言ってたな。て事は、何か面白い子なんだろうな。

いつか、ちゃんと話とか出来るかな。出来るといいな。

その『いつか』がやって来た時、セラフィーナ嬢の想像以上の斜め上加減に大笑いしてしまうのだが、それはまたもうちょっと後の話だ。

好感度カンスト王子と転生令嬢による乙ゲースピンオフ　1

＊本作は「小説家になろう」（https://syosetu.com/）に掲載されていた作品を、大幅に加筆修正したものとなります。
＊この作品はフィクションです。実在の人物・団体・事件・地名・名称等とは一切関係ありません。

2023年12月20日　第一刷発行

著者 …… ぽよ子
©POYOKO/Frontier Works Inc.
イラスト …… あかつき聖
発行者 …… 辻 政英
発行所 …… 株式会社フロンティアワークス
〒170-0013　東京都豊島区東池袋3-22-17
東池袋セントラルプレイス5F
営業　TEL 03-5957-1030　FAX 03-5957-1533
アリアンローズ公式サイト　https://arianrose.jp/
フォーマットデザイン …… ウエダデザイン室
装丁デザイン …… 鈴木佳成［Pic/kel］
印刷所 …… シナノ書籍印刷株式会社